民国诗学论著丛刊

叶嘉莹 主编
陈斐 执行主编

学诗初步 学词初步

张廷华 吴玉 傅绍先 著
莫真宝 整理

文化藝術出版社
Culture and Art Publishing House

图书在版编目（CIP）数据

学诗初步·学词初步/张廷华，吴玉，傅绍先著；莫真宝整理.—北京：文化艺术出版社，2017.8
（民国诗学论著丛刊/叶嘉莹主编，陈斐执行主编）
ISBN 978-7-5039-6379-7

Ⅰ.①学… Ⅱ.①张…②吴…③傅…④莫… Ⅲ.①诗歌创作—创作方法—中国②词（文学）—创作方法—中国 Ⅳ.①I207.2

中国版本图书馆CIP数据核字（2017）第229347号

学诗初步·学词初步

（民国诗学论著丛刊）

主　　编	叶嘉莹
执行主编	陈　斐
著　　者	张廷华　吴　玉　傅绍先
整 理 者	莫真宝
丛书统筹	陶　玮
责任编辑	周进生　刘宇灿
版式设计	顾　紫
出版发行	文化艺术出版社
地　　址	北京市东城区东四八条52号　（100700）
网　　址	www.caaph.com
电子邮箱	s@caaph.com
电　　话	（010）84057666（总编室）84057667（办公室）
	（010）84057696—84057699（发行部）
传　　真	（010）84057660（总编室）84057670（办公室）
	（010）84057690（发行部）
经　　销	新华书店
印　　刷	国英印务有限公司
版　　次	2018年8月第1版
印　　次	2019年11月第2次印刷
印　　张	5.625
字　　数	105千字
开　　本	880毫米×1230毫米　1/32
书　　号	ISBN 978-7-5039-6379-7
定　　价	42.00元

本丛刊个别作者未能取得联系，请相关人士尽快与我社联系办理版权事宜。

联系电话：（010）84057672　（010）84057604

整理说明

一、本丛刊抱着"发潜德之幽光，启来哲以通途"的宗旨，主要选刊民国时期（1912—1949）成书的、学术价值或普及价值较高的、与诗词曲等广义的古典诗歌相关的论著。少数与诗歌密切相关的文学理论、文学批评、文学史著作，或成书于晚清的有价值的此类著作，以及同时期相关的汉学著作，亦适当收录。诗话、词话及新诗研究论著等，因为已有相关大型文献资料集出版或列入出版计划，故暂且不予收录。

二、本丛刊秉持开放包容的态度，期望较为全面地呈现民国诗学研究的多元气象；按照撰著内容和体例，大致分为"史论编""法度编""选注编"等编，分辑滚动推出，每编每辑十种左右；优先选刊1949年以后没有整理出版过的著作，以节约出版资源。

三、每部拟刊论著，我们都约请相关专家进行整理，并在前面撰写一篇"导读"，介绍该著的作者生平、成书经过、学术背景、主要观点、诗学价值、社会影响等，以引导读者更好地理解原著。

四、整理时，以原著内容最全、文字最精的版本为底本，参校其他版本（如手稿本、期刊连载版等）和相关书籍，修订原版讹误，参照古籍整理规范出校勘记。校勘一般只校是非，不校异同。凡底本"误脱衍倒"者，皆据他本或他书订正，并出校记。引文与所引著作之通行本文字不同者，只要文意顺畅，亦读得通，一般不改动原文、不出校记。显著的版刻错误，如笔画讹误、不见字书者，或"日曰""末未""己已巳""戊戌戍"混同之类，如果根据上下文足以断定是非，一律径改，不出校记。注文中的魏妥玛注音，统一改为现代汉语拼音，但不出校记。为避烦琐，校记中征引他书，仅注明书名及页码，卷末另附"本次整理征引文献"，详列作者、书名、出版社、出版年等信息。

五、原版为繁体竖排，现统一改为简体横排，并参照最新版国标《标点符号用法》及古籍整理规范加以新式标点。繁体字、异体字一般改为规范的简体字；容易引起误解的人名、地名用字，通假字或民国时期特有的虚词（如"底"）等，则保留原貌。因版式改动，原版行文中提到的"右文""如左""左表"等，统改为"上文""如下""下表"等。

六、一些论著提到的外国人名、地名、书名等，译法与今日或有不同，为保存原貌，不作改动。个别论著的极少数提法，或有一定时代局限性，为保存原貌，亦不作删改，望读者鉴之。

七、我们的整理目标是争取形成可以传世的、雅俗共赏的"新定本"，但古人云："校书如扫落叶，旋扫旋生。"尽管我们僶勉从事，或疏漏在所难免，恳请方家赐正。

总序

1912年清帝逊位至1949年中华人民共和国成立，一般称为民国时期。这一时期，虽然政局不稳、战乱频仍、民生凋敝，但思想、学术、文化却自由活跃、异彩纷呈。主编过"中国现代学术经典"丛书的刘梦溪先生认为："中国现代学术在后'五四'时期所创造的实绩，使我们相信，那是清中叶乾嘉之后中国学术的又一个繁盛期和高峰期。而当时的一批大师巨子……得之于时代的赐予，在学术观念上有机会吸收西方的新方法，这是乾嘉诸老所不具备的，所以可说是空前。而在传统学问的累积方面，也就是家学渊源和国学根底，后来者怕是无法与他们相比肩了。"[1]

的确，民国学人撰写的学术论著，虽然限于物质条件和学科发展水平，有些知识需要更新，有些观点有待商榷，有些论述还要深化……但仍然接续、充盈着中国固有学术的人文义脉和精魂，更具有为国家民族谋求出路、积极参与当前文化建设的现实关怀，更具有贯通古今、融会中西、打通文史哲、将创

---

[1] 刘梦溪:《中国现代学术要略》，生活·读书·新知三联书店2008年版，第123—124页。

作和研究相结合的开阔视野和博通气象，更具有"文章千古事，得失寸心知"（杜甫《偶题》）的传世期许和实事求是、惜墨如金的朴茂之风。这在人文学术研究显现出"技术化""边缘化""碎片化""泡沫化"等不良倾向的今天，颇有借鉴意义。而且，那时的不少论著奠定了后续研究的基本框架，不管就论析之精辟还是与史实之契合而言，都具有较高的学术价值。《中国诗学》主编蒋寅先生即深有感触地说："最近为撰写关于本世纪中国诗学研究史的论文，我读了一批民国年间的学术著作。我很惊异，在半个世纪前，我们的前辈已将某些领域（比如汉魏六朝诗歌）的研究做到那么深的境地。虽然著作不太多，却很充实。相比之下，80年代以来的研究，实际的成果积累与文献的数量远不成比例。满目充斥的商业性写作和哗众取宠的、投机取巧的著作，就不必谈了，即使是真诚的研究——姑且称之研究吧，也存在着极其庸滥的情形。从浅的层次说，是无规则操作，无视他人的研究，自说自话，造成大量的低层次重复。从深层次说，是完全缺乏知识积累的基本学术理念……许多论著不是要研究问题，增加知识，而是没有问题，卖弄常识。"[1]

陈寅恪先生曾将佛学刺激、影响下新儒学之产生、传衍看作秦以后思想史上的一"大事因缘"[2]。近代以来的大事因缘，

---

[1] 蒋寅：《热闹过后的审视》，载《文学评论》1996年第5期。
[2] 参见陈寅恪《冯友兰中国哲学史下册审查报告》，《金明馆丛稿二编》，生活·读书·新知三联书店2015年版，第282页。

无疑是在西学的刺激、影响下发展本土学术。中国传统学术需要外来学说、理论的刺激与拓展,既是谁也阻挡不了的必然趋势,也是时代惠赐的绝佳良机。中华民族一向不善于推理思辨,更看重文学的实用价值、追求纵情直观的欣赏。中国语文亦单体独文、组词成句时颇富颠倒错综之美。而且,古代书写、版刻相对比较困难,文人往往集评论者、研究者、作者、读者等多重身份于一体,彼此间具有"共同的阅读背景、表达习惯、思维方式、感受联想"[1]等等。凡此种种,决定了"中国文学批评的特色乃是印象的而不是思辨的,是直觉的而不是理论的,是诗歌的而不是散文的,是重点式的而不是整体式的"[2]。反映在著述形态中,便是多从经验、印象出发,以诗话、序跋、评点、笔记、札记等相对零碎的形式呈现,带有笼统性和随意性,缺乏实证性和系统性。近代以来,不少有识之士如梁启超、王国维等先生,在西学的熏沐、刺激下憬然而醒,积极汲取西方理论和方法,为中国传统学术研究开辟出一片崭新的天地。胡适、傅斯年等民国学人沿着他们的足迹,在"救亡图存"的时代旋律鼓动下,掀起蓬蓬勃勃的"新文化运动",更加全面地引入西方理论、观念、方法、话语等,按照各自的理解和方式应用在"整理国故"实践中,在西学的参照下重建起现代学术。此后中国学术的发展,大体是在他们奠定的基础上拓展、深化。

---

[1] 叶嘉莹:《王国维及其文学批评》,北京大学出版社2014年版,第118页。
[2] 同上书,第111页。

民国学人的开辟、奠基之功,可谓大矣!

中华民族素来以"承百代之流而会乎当今之变"(郭象注《庄子·天运》语)的观点看待历史和当下的关系。[1]我们生逢今日之世,接续传统、回应西学,实为需要承担的一体两面之重任,缺一不可:对自己的文化传统没有继承,就没有东西和别人交流,永远趴在地上拾人遗穗,甚或没有鉴别力,将"洋垃圾"当"珍宝"供奉;而故步自封、无视西学,又会错失时代赋予我们的创新良机,治学难以"预流"。[2]相对而言,经历了百余年欧风美雨的冲刷和众所周知的劫难之后,如何接续传统越来越成了问题。特别是改革开放以来,学术界和出版界携手,大量译介西方人文社会科学理论论著和海外汉学研究论著,如影响颇大的"汉译世界学术名著"和"海外中国研究"丛书等,皆有数百种之多。这些论著的译介,于本土人文学术研究开拓视域、更新方法等功不可没,但同时,学界也仿佛患了"失语症",出现一味模仿海外汉学风格的不良倾向。"只要西方思想

---

[1] 参见刘家和《史学在中国传统学术中的地位》,《史学、经学与思想:在世界史背景下对于中国古代历史文化的思考》,北京师范大学出版社2005年版,第88页。

[2] 这里借用陈寅恪先生的说法。陈先生治学,有强烈的"预流"意识,在《陈垣敦煌劫余录序》一文中他说:"一时代之学术,必有其新材料与新问题。取用此材料,以研求问题,则为此时代学术之新潮流。治学之士,得预于此潮流者,谓之预流(借用佛教初果之名)。其未得预者,谓之未入流。此古今学术史之通义,非彼闭门造车之徒,所能同喻者也。"(陈寅恪:《金明馆丛稿二编》,第266页。)

稍有风吹草动（主要还是从美国转贩的），便有人"兴风作浪一番，而且立即用之于中国书的解读上面"[1]。这种模仿或套用，不仅体现在研究方法和论题选择上，有时甚或反映在价值取向和情感认同中。有学者将这称为"汉学心态"，提到文化上的"自我殖民化"的高度予以批判。[2] 在此背景下，自言"一生受的教育都是西方文化影响下的'新学'教育"的费孝通先生，晚年阅读陈寅恪、梁漱溟、钱穆等前辈的著作，敏锐思考和回应信息交流愈来愈便捷的全球化时代民族文化转型的挑战，提出了"文化自觉"这个获得广泛共鸣的议题，呼吁当下最紧迫的是培养"能够把有深厚中国文化根底的老一代学者的学术遗产继承下来的队伍"[3]。学术是文化的核心，"学术自觉"是"文化自觉"的应有之义和关键所在。近年哲学界"中国哲学合法性"、文学界"传统文论的现代转化"、美术界"构建中国美术观"等讨论颇热的话题，皆可看作本土"学术自觉"的表征，共同汇聚成"构建中国特色哲学社会科学"这一时代命题。[4] 站在这样的角度考虑问题，民国学人的论著无疑可以给我们带来丰

---

[1] 余英时：《怎样读中国书》，《余英时文集》第8卷，广西师范大学出版社2014年版，第395页。
[2] 参见包伟民《走出"汉学心态"：中国古代历史研究方法论刍议》（载《中国社会科学评价》2015年第3期）、顾明栋《汉学与汉学主义：中国研究之批判》（载《南京大学学报》2010年第1期）等文。
[3] 费孝通：《关于"文化自觉"的一些自白》，载《学术研究》2003年第7期。
[4] 参见习近平《在哲学社会科学工作座谈会上的讲话》，载《人民日报》2016年5月19日。

富的启示。

民国时期是中国社会从传统到现代的转型期，中西思想文化、旧学新知碰撞、交融发生的"化合"反应，远比我们想象的要复杂得多：既有固守传统观念、家数者，也有采用新观念、新方法者，还有似新却旧、似旧还新、新旧间杂者……只不过长期以来，在"西学东渐"的大背景下，我们对这段学术史的梳理、回顾往往彰显、肯定的是那些和西学类似的论著及面相。然而，在构建中国特色哲学社会科学、提升理论创新能力成为时代命题的崭新历史条件下，恰恰是那些被遮蔽的论著及面相，更具有参考价值。因为治学如积薪，以对西学的理解、借用而言，我们已后来居上，倒是这些论著在古今中西的通观视域中，坚守民族文化本位立场，汲取西方学术优长，进而促进优秀传统文化创造性转化和创新性发展的尝试和努力，长期以来被以"保守""落后"的判词给予了冷眼、否定，今天值得换一种眼光、花点工夫好好提炼、总结，因为这正是我们构建中华自身学术体系的可能萌蘗。诗学研究因为与创作体验、母语特性、民族心理、文化基因等关系更为密切，这方面的借鉴意义显得尤其迫切、突出。

我们欣喜地看到，最近几年，喜欢欣赏、创作诗词的朋友在逐渐增多，中小学加大了诗词教学比重，《中共中央关于繁荣发展社会主义文艺的意见（2015年10月3日）》亦强调"做好古籍整理、经典出版、义理阐释、社会普及工作"，加强对中华诗词出版物的扶持。[1] 全社会越来越意识到诗词之于陶冶情操、净化风气、传承中华优秀文化基因的重要性。不过，我们也要清醒地认识诗词传承面临的严峻形势。毋庸讳言，当下诗词氛围已十分稀薄，能够切理餍心、鞭辟入里地解说诗词或将诗词写得地道的人非常罕见。大多数从事诗学研究的学者已不再创作，现行评价、考核体系要求于他们的，不过是从外部审视、抽绎出种种文学史知识，这很难说能触及中华诗词的真血脉、真精魂。在此情势下，与其组织人马"炮制"一些隔靴搔痒、搬来搬去的"新著"，不如将传统文化氛围还很浓郁、诗词仍以"活态"传承着的民国时期诞生的有价值的论著重新整理出版：一方面，使饱含着先辈心血的精金美玉不至于湮没在历史的尘埃中；另一方面，也使当下喜欢诗词的朋友得识门径，由此解悟。这里特别需要说明的是，任何艺术都有一定的规则、法度，中华诗词的欣赏、创作亦然。初学者尤其需要通过深入浅出、简明扼要的入门书籍指引，掌握规则、法度。然而，又没有万能之法，"在丰富生动的创作实践中，任何'法'都会有失灵的时候；面对浩如烟海的作品，任何'法'都会有反例存在"[2]。由"法"达到对"法"的超越，进而"以无法为法"（纪昀《唐人试律说·序》），"行乎其所不得不行，止乎其所不得不止。

---

[1] 参见《中共中央关于繁荣发展社会主义文艺的意见（2015年10月3日）》，载《人民日报》2015年10月20日。
[2] 陈斐：《南宋唐诗选本与诗学考论》，大象出版社2013年版，第208页。

无用法之迹，而法自行乎其中"（李锳《诗法易简录》），才是中华诗词欣赏、创作的向上之路，希望大家于此措意焉。

近年来，随着逐渐升温的"国学热""民国热"，诸家出版社纷纷重版民国国学研究著作，陆续推出了不少丛书，如东方出版社的"民国学术经典文库"、江苏文艺出版社的"北斗丛书"、吉林人民出版社的"大师国学馆"、岳麓书社的"民国学术文化名著"、知识产权出版社的"民国文丛"、中国社会科学出版社的"民国学术经典丛书"等。这些丛书虽然也涉及了诗学论著，但往往是王国维《人间词话》、龙榆生《中国韵文史》、吴梅《词学通论》等少数几部。其实，还有很多具有较高学术价值或普及价值的民国诗学论著，1949年以后从来没有点校重版过。最近几年出版的"民国时期文学研究丛书""民国诗歌史著集成""民国诗词作法丛书""民国诗词学文献珍本整理与研究"等丛刊，虽然较为集中地收录了民国诗学研究某一体式或某一领域的论著，但或影印或繁体重排，都没有校勘记，且大多不零售，定价普遍较高，虽有功学界，然不便普及。有鉴于此，我们拟选编整理一套兼顾学术性和普及性的诗学专题文献库——"民国诗学论著丛刊"，以推动中华诗词的研究、创作和普及。

我们这次整理"民国诗学论著丛刊"，抱着"发潜德之幽光，启来哲以通途"的宗旨，在扎实、详细的书目调查的基础上，主要选刊民国时期成书的与诗、词、曲等广义的古典诗歌相关的论著。在理论、观念、方法、话语乃至撰著形态、体例等方面，则秉持开放包容的态度，古今中西兼收并蓄，以较为全面地呈现民国诗学研究的多元气象和立体景观。在实际操作中，大致按照撰著内容和体例，分为"史论编""法度编""选注编"等编，分辑滚动推出。"史论编"主要选刊诗学史论著作，如梁昆《宋诗派别论》、宛敏灏《二晏及其词》等；"法度编"主要选刊谈论、介绍诗词创作法度、门径的书籍，如顾佛影《填词百法》、顾实《诗法捷要》等；"选注编"重刊有价值的诗歌选本或注本，重要者加以校注、赏析。当然，这只是大致的分类。民国学人往往能够将创作和研究相结合，他们撰写的不少史论著作亦有介绍作法的内容，不少讲解法度的书籍亦会涉及史论，我们不过根据内容偏重及著作题名权宜区分罢了。诗话、词话及新诗研究论著等，因为已有"民国诗话丛编""中国新文学大系""民国文学珍稀文献集成"等大型文献资料集出版或列入出版计划，故暂且不予收录。

每部拟刊的论著，我们都约请在该领域有专门研究的功底扎实、学风谨严的中青年学者进行整理，并在前面撰写"导读"，以引导读者更好地理解原著。整理时，我们征询专家意见，制定了详密的工作细则，既改繁体竖排为简体横排，又参照古籍整理规范出严格的校勘记，争取形成可以传世的、雅俗共赏的"新定本"。版式、用纸、装帧等方面，则发扬讲究细节、精益求精的"工匠精神"，以提高阅读率为标的，处处流露着为读者考虑的温情。这些看似小事，实则关乎民族文化的传承和国民素养的提升。资深出版人、中华书局原副总编辑程毅中先生就曾指出，在商业利益的驱动下，现在很多出版社和书店都喜欢出版、销售大部头、豪华版的书，这些书定价高，消耗的纸浆和能源也多，但手里拿不动，不便于阅读和随身携带，对阅读率有负面影响。[1] 我们充分考虑到了读者朋友在节奏紧张、时间零碎的现代社会里的阅读需求，所收论著都是内容丰实、装帧便携的"贵金属"，人们在地铁上、候车时、临睡前、旅途之中、工作之余、休闲之刻……都可以顺手翻上几页，随时接受中华诗词的浸润，从而切切实实地提高国民的图书阅读率，为接续诗词命脉、传承中华优秀文化基因、营建"书香社会"略尽绵薄。

  总之，精到稀见的选目、中肯解颐的导读、专业严谨的整理、美观大方的装帧，是我们的"民国诗学论著丛刊"为坊间类似丛书不可替代的鲜明特色及核心竞争力所在。感谢文化艺术出版社杨斌、郝庆军、陶玮等领导与编辑们的大力支持，让我们酝酿多年的设想从内容到形式都能得到近乎理想的实现。从会议结束后的偶遇交谈到正式签订出版合同，不到一周时间，这种一拍即合的灵犀相通亦堪称一段佳话。感谢众多专家、学者的耐心指导和辛勤耕耘！正是共同的发扬、传承中华诗词的

---

[1] 参见李小龙《丹铅绚烂焕文章——程毅中编审访谈录》，载《文艺研究》2017年第1期。

责任感和使命感让我们走到了一起,"正其谊不谋其利,明其道不计其功"(《汉书·董仲舒传》)。希望越来越多的读者喜欢这套丛刊,由此领略中华诗词之美;希望越来越多的学者为我们出谋划策或加入我们的整理团队,一起呵护好这项功德无量的出版工程,让千载不磨之诗心在我们和后辈的生命中得到生生不已的感发!

叶嘉莹 陈斐

2016年10月28日草稿

2016年11月1日修订

导读

民国初期，时值废除科举不久，新文化运动的声浪对传统文化带来巨大冲击，一时之间，"打倒孔家店"的怒吼和"桐城谬种，选学妖孽"的挞伐之声洋洋乎盈耳。这些呼声伴随着"新诗运动"的号角，对传统旧体文学样式发起了全面"进攻"。虽然新文学运动从整体上将旧体文学逼进了死胡同，文言文、辞赋、小说、戏曲等迅速衰退，基本上被相应的新文学样式所取代，但是旧体诗词并非如后来的新文学史描述的那样溃不成军，而是好整以暇地发展着。无论民国初年还是抗日战争时期，旧体诗词创作始终呈现出蓬蓬勃勃的局面。与诗词创作相得益彰的是，各种诗词作法类图书应运而生，销路颇广。这类图书，是在传统诗话、词话基础上发展而来的教人学习吟诗填词的基础性、入门性著作。今人汪梦川主编的《民国诗词作法丛书》就影印了其中的三十五种（有一种为《联对作法》），游子六辑《诗法入门》、顾亭铠辑《诗法指南》等，均属此类。《学诗初步》《学词初步》就产生在这样的文化氛围中，甫一问世，便成为备受初学者青睐的吟诗填词类入门读物。

一

《学诗初步》三卷，是一部浅易的学诗教科书，吴兴（今安徽湖州）张廷华、吴玉（暂未详）受王文濡委托撰写，1916年3月，由上海文明书局印行初版。王文濡在《历代诗评注读本总序》中说："近与张君蕚荪、吴君润如商略成《学诗初步》一书，惨淡经营，不惜为金针之度矣。"

张廷华（1867—1931），字蕚荪，南浔人。曾执教于明理学塾、浔溪书院、儒林学塾。后赴上海，任鸿文、中华、大东等书局和商务印书馆、扶轮国学社编辑，翻译日文算术多种，主编《文汇词典》《文科大词典》《中华新字汇》等。晚年卜居江苏海门，病逝于上海。著有《蜕庐集》等。《学诗初步》卷首有编者所撰《例言》和《绪言》，《例言》不仅批评"坊间诗法指南、诗法入门等书，皆摭拾陈言，拉杂无次，不便初学"的弊病，而且明确指出："是书命名《学诗初步》，专为已通文字，未解吟咏者说法。"因而，此书既对作诗的清规戒律有所阐发，又相当重视诱发学诗者的"天机"。其云："是编之作，所以导人学诗者，不敢谓可全废人力，特不以人力之强制，骤然遏抑其天机。能使学者自得之，如食蔗然，渐入佳境，只觉其甘，不觉其苦耳。"诱发学诗者心中固有的诗趣，令其自得，是此书的重要指导思想。

全书由浅入深，循序渐进地解说学诗之方法与学诗之次第。《例言》说：

> 《学诗初步》共分上、中、下三卷，自首章至第七章为上卷，为第一级，教以学白描古诗。自八章至第十四章，为中卷，为第二级，教以学近体诗之法度。自十五章至第十九章，为下卷，为第三级，教以取材古诗。由浅入深，层次井然。学者果能历级渐进，三月以后，可以赋短章；五月以后，琢句措词，当必斐然可观。

卷上包括诗之缘起、诗本乎天籁、学诗之益、作诗之难易、诗体之别异、学诗之次第、古诗白描之模范等七章，就学诗的基本层面说法，简明扼要。所谓"白描古诗"，即"皆就耳目所及，兴之所发，脱口而出，不引一典，不调平仄，不用对偶，而妙句天成，令人百读不厌者"。以此入手，久之便能"诗趣盎然"。如需再求进境，即可学习格律森严的近体诗。故卷中包括四声之区分、四声之练习、调平仄法、古韵之通转、押韵法、换韵法、起承转合法等七章，分述古近体诗之规则与作法。在掌握以上基本知识后，便"古今体诗之规模略具"了。卷下五章，复从宏观上解说诗之大纲、学诗有数忌、诗之取材、诗之读法、诗之变体与拗句等，以为学诗之进阶。诚如《例言》所云："上卷最易明了，中卷较上卷稍深，下卷又较中卷稍深。"既深入浅出地示学习者以法度，又体现出了由浅入深的学诗次第。

此书重视歌谣，认为"夫歌谣者，诗之母也，故欲知诗之缘起，当先知歌谣之作用。盖歌谣有声有韵，已具诗之规模"。歌谣之为诗歌之母，全在其一片天机，不事雕琢。《绪言》开宗明义，其云：

> 人言吟诗乐事也。虽然，使执未解吟咏者强聒之曰："尔学诗，当讲声律，辨清浊；当工对仗，搜典故；当检韵书，防落韵。"于是遵其教者，苦思终日，不成一句，偶得一句，终不成联，偶得一联，终不成章。如是者数日，鲜不掷笔弃纸，废然而返，何乐之有？噫！是直令初学步之小儿，束行縢蹑厚屦也。

对歌谣与诗歌关系的重视，与保护学诗者的"天机"密切相关。《诗本乎天籁》章指出："盖诗本韵文之一种，而实成于天籁。"强调先得"诗趣"，所以反对初学诗者"乱翻书籍，搜寻典故，辨音韵之高下，审对偶之工拙"，认为那样是"自窒性灵求入苦境也"，因而强调作诗当"纯任自然"。

以上强调"天机"和"自然"，只是学诗的第一步。在"诗趣已得，学力渐增"之时，"所谓声调对偶，自能逐渐讲究"。故此书既重"天籁"与"诗趣"，又重视读诗之于写诗的重要性。《古诗白描之模范》论及学作古体诗时说："故学者于此，当先读古诗数十首，心领神会，然后下笔。"全书除多处强调"读功"之外，还专列《诗之读法》一章，说："谚有之曰：'熟读唐诗三百首，不会吟诗也会吟。'语虽粗浅，实是不二法门。盖徒作无益也，熟能生巧，全在多读。不独作诗，作文亦然耳。"并详解读诗之法说："凡读诗，必先领解其义。义分数种：一、通篇之大旨；二、起承转合逐段之义；三、单句之义；四、只字之义。"该书将读诗之法与解诗之法相结合，以"解诗之法"为"读诗之要件"，要求诵读与理解并重，而非强调一味机械地诵读。以此为基础，此书进一步解释读诗之法的好处说："何以言之？盖唱歌者明歌意，奏曲者审曲情，则抑扬顿挫，自然合拍。故初学于诵诗之时，苟能于诗之大旨及起承转合逐段之义、单句之义、只字之义，一一体会入微，则心口相应，不独音节合度，凡气之长短与声之高下皆宜，而兴趣亦勃发矣。"读出诗的声情，是为了激发作诗的兴趣。至于"读"的方法，其云："兹更取合读、分读、急读、缓读诸法言之……若夫分读、缓读之法，即如一篇之中，或起或承，或转或合。赏其一段或一联，甚至一句或一字，长言咏叹，以尽其神味是也。"读诗是为了读出诗的"神味"，通过熟读掌握作诗的窍门，这里强调的还是"理解式阅读"。至于诵读方式，不仅强调高声朗读，而且提出"默读"之法。其云：

  然犹有说焉。所谓合读、急读者，并非一气读完，不分句读之谓。盖当读诗之时，于其诗之理解及意境既已默

> 识心融,则声未至而神已往,自然应弦合节,欲罢不能矣。所谓分读、缓读者,并非隔绝上下,不顾全局之谓。不过于其凝练处略作停顿,以曼声出之是也。况乎反复熟玩,亦谓之读,非必高声朗诵之为读也。

对合读、急读、分读、缓读等的区分,均着眼于理解诗作的意境与节奏。此处从发声与否而言,高声朗读,用拉长的舒缓的声音读,或不出声而反复熟玩诗的意境与作法,分别可谓之朗读、吟哦和默读,不同的读法于理解诗作各有不同的妙用,辨析毫芒,至为精审。故作者对所言读诗之法表现了相当的自信,其云:"诗之读法,虽不敢谓已尽于此,惟此则大要已具。初学所当亟知也。举一反三,是在善学者。"

此书强调读诗,实质上涉及如何取法前代诗歌的问题。《诗之取材章》简述历代诗歌体式与风格发展之脉络,缕述各朝代之代表诗人的创作特色,以为学习作诗之榜样。其云:"自《葩经》《离骚》而外,所有汉魏六朝、唐宋元明清之诗材,本局皆有极精之选本,支派分明,体裁完备,每首加以评注,以便教员、学生之授受,且所选者,与此章立说皆可印证,故此章实为购读选本之标准。"这段话虽然有广告的嫌疑,但不可否认的是,它恰当地指出了作诗填词需要一定的知识积累的道理,与激发作诗者天机兴趣互为表里。

提倡天机和生趣,提倡多读以借鉴前人创作的艺术经验,是《学诗初步》的指导思想，至于四声、押韵、平仄与起承转合的结构之法等知识性内容，此书也结合实例做了深入浅出的解说，指明了初学写诗之门径。

《学诗初步》论作诗既如此，那么，《学词初步》论填词又如何呢？

二

清代倚声号称中兴，除洋洋大观的《词律》《钦定词谱》，以及流行颇广的《白香词谱》而外，以谈掌故和摘句批评为主要内容的各种词话，也多有指示填词门径者。早在清道光年间，就出现了如谢元淮著《填词浅说》这类专讲作词法的读物。民国期间，科举废弛，文人之精力不再弛骛于科场，遂多染指倚声，各种指示填词技法的入门读物不断涌现。如陈栩《填词法》、傅汝楫《最浅学词法》、顾宪融《填词百法》、任讷《作词十法疏证》、刘坡公《学词百法》等，都具有一定的代表性。此等入门书籍，为普通读者学习填词，提供了相当的方便。

傅绍先著《学词初步》一卷，1926年上海文明书局初版，是初学填词者的入门指导书。傅绍先于二十世纪二三十年代曾任世界书局编辑、中华书局图书馆馆长等职。著有《意大利文学ABC》，编有《白话女界尺牍》、《儿童智识丛书》（合编）等大量普及读物。《学词初步》的出版，与前述陈栩《填词法》等诸作相后先。卷首撰者识语揭示其主旨云："本书为初学填词者指示门径，不尚深高，专就浅近立说，学者得此，极易领悟。"其书名与《学诗初步》为姊妹篇，二者编辑思想也颇为接近。

《学词初步》在学习次第上，讲究循序渐进，诚如《编辑大意》云："本书教人学词，先分讲句法，次合讲作法，依序递进，无躐等之弊。"全书除总论与结论之外，分为十章，分别从句法、对偶、作法、用韵、词名之由来、词体之辨别与词之格式等方面，条分缕析地讲解了词文体最基本的知识，以举例介绍的方式行文，对所举词例，三言两语，点到为止，一般不做繁琐论述与艺术分析。

此书教人按谱填词，往往以诗为参照。如《学词之程序》论学诗与学词之先后云："词曰诗馀，故必学诗已成，方能从事学词。盖不学诗而学词，犹不步而趋也。读者如不爱诗，则亦不妨单独学词，但平仄总不能不讲。"一般认为，学词当以学诗为基础，傅绍先并不反对这种观念，但文中提出了不同的看法，认为不爱学诗者，亦不妨直接学词。至于学诗与学词孰难孰易，作者这样说："或曰：学词较难于学诗。其实不然。诗句有一定之平仄，其字数或五言一句，或七言一句，均不能随意增减。有时吾人作诗，有若干意思为字数所限，须加剪裁，颇费苦心。词则字句之长短，适如语言，可无此难，故谓词难于诗，似非确论。"在傅绍先看来，吟诗填词各有难易，不可一概而论。此外，在论及词的平仄、押韵和对仗等方面，也往往以诗为参照。如《词韵与诗韵之区分》云："词韵与诗韵有别，然其源即出于诗韵。盖词韵乃取诗韵分合而成，平声独押，上、去二声可以通押，入声亦独押。故填词之韵，实较宽于作诗。"又如《对偶举例》云："做律诗，第二联与第三联必讲对仗，间有第一联或第四联对者，则为例外，词中逢双处，亦讲对仗，初学所宜注意。"这些看法大都比较通达，对初学填词者，具有相当的参考价值。

此书注重对词调、词体等知识的介绍，"于调名之由来，词体之辨别，均详加讲解，足为初学先导"。"对于词之押韵、换韵，不嫌繁琐，附以举例，务使学者读后，了然无落韵失腔之失。"这类介绍坚持入门须正、立意须高的原则，解说每每以前人名作为例，条分缕析，三言两语，要言不烦，对于初学者掌握词文体的特性很有帮助。

此书教人学词，与《学诗初步》一样，注重读功，认为"读词既多，便可着手学做"。其云："初学作词，第一步当注重读功。读时先看调名，次看平仄用韵之处，次看通首之意如何起，如何承，如何转，如何合，久而久之，自然进步。"这段话对如何读词，作了提纲挈领的揭示。除此之外，还认为应当多读前人名作，朝夕揣摸，以便提高词艺水平。其云："夫为学无止境，学者备此书后，宜多事诵读以求精进。"并列举如《花间》《尊前》，以及《六朝词选》《草堂诗馀》《绝妙好词笺》等书，建议读者"均可购置案头，以资观摩"，至近人纳兰容若之《饮水词》，陈维崧之《乌丝词》，张惠言之《茗柯词》等，"亦可作词学之参考"。此外，文明书局还印行了张友鹤辑《白话词选》《历代好白话词选》诸书，与《学词初步》相辅而行。

需要指出的是，正如民国时期为数众多的诗词入门书籍一样，《学词初步》的出版，有书坊射利的因素，内容上难免陈陈相因。如本书《词之格式》一章，"别选佳词若干首，注明平仄用韵之处，以供模楷"，为读者提供一定的学习范例，系全书的重要内容。但经过初步比对发现，其所选词例与民国九年初版傅汝楫《最浅学词法》第七章《立式》所举词例完全相同，介绍语也几乎完全相同。只是为了简便，删除了《最浅学词法》收录的部分词牌，并于所举词例进行的声情、句逗等方面的分析亦略而未录。盖傅氏《最浅学词法·编辑大意》云："本书定名学词法，专就浅近立说，为已解吟咏，而欲进窥倚声者，指示门径。"《学词初步》则"为初学填词者指示门径"，二者本自同一机杼，不过，如前所述，后者预设的读者对象为"初学填词者"，既包括"已解吟咏"者，也包括"已通文字，未解吟咏"而直接学词者，故所述更加简略而已。

三

《学诗初步》本为王文濡委托同乡张廷华、吴玉二氏所撰。书成，王氏犹嫌其烦琐，故于该书出版的第三年，将其加以删削，缩为一卷，题名《学诗入门》，镌版印行。王文濡（1867—1935），原名承治，字均卿，浙江吴兴（今湖州）人。南社成员，清末民国时期历任商务印书馆、中华书局、文明书局、国学扶轮社、大东书局等编辑。著有《望古遥集楼诗文集》《蠖屈馆笔记》。编注《明清八大家文钞》《现代十大家诗钞》《历代诗评注读本》《音注古文辞类纂》《对联大全》等。

王文濡在《学诗入门》卷首识语中，交待了该书与《学诗初步》的关系，他说："曩主任进步书局时，曾授意张君廷华、吴君玉撰《诗学初步》（*引者按：即《学诗初步》*）一书，条例词句，煞费斟酌。书成，各校通行，佥称善本，迄今已叠六版。客冬无事，繙帣一过，稍嫌其例冗词烦，如无良师教授，尚于初学心理隔着一重皮甲。爰辑是编，专就浅易立说，而矫正其所可疑，补益其所未备，俾人人知诗之可学，而不难学。"王文濡期待他改编的《学诗入门》能"与《诗学初步》一书，有相辅而行之势，相得益彰之用"。王氏《学诗入门》在1941年即已印行第18版。从二书多次重印来看，事实上也基本实现了王文濡的期待。

王文濡在《学诗入门·作诗之次第》章中，介绍了他在南洋师范教弟子学诗的往事:"余于民国三年任南洋师范讲席,时弟子以学诗请,因选《古谣谚》及唐宋诗之易解者授之(**当时未有适用之读本**),读未半月,约七八十首,随便出一题目,如看花饮酒、游山观水之类,或出数题,使之自拣。初作两句,渐渐加至四句、六句、八句,虽间有俗字俗句,为改易之,便觉成章。乃于斯时教之练习平仄对偶,自尔不嫌烦苦,欣然听命。总之,第一步施教时,要以不绳以成法,不遏其天趣为主义,迨平仄既调,课以五绝,对偶既娴,课以律诗。"这一强调保护学诗者"天趣"的教学思想,系王文濡自教学实践中悟出,在张廷华、吴玉撰写《学诗初步》时,已经得到了较好的体现。

前述《学诗初步》《学词初步》所体现的重视阅读、重视取法前代作品的思想,从《学诗入门》中也能得到印证。王文濡说:"坊间所有《唐诗三百篇》及《古唐诗合解》等书,浅深杂揉,评注不详,初学读之,茫然不解。即经讲授,亦难领略。"所以,他着手编写了《历代诗评注读本》。在《编辑历代诗评注读本之缘起》中,王文濡回顾了主南洋女子师范文学专修科讲席时教弟子学诗的经历后,说:"以是知人人能诗之原理,实未尝一日稍绝于天壤焉。今岁主任本局(**引者按:文明书局**),即以提倡此事自任,与张君尊荪、吴君润如商略成《作诗初步》(**引者按:即《学诗初步》**)一书,于学诗之门径、作诗之义法,言之綦详。复于其暇,选辑汉魏以来迄于清代古今体诗八百余首,命为《历代诗评注读本》。"该读本仍由文明书局印行,受到了读者的广泛欢迎,而《学诗初步》《学诗入门》便成为阅读这一读本,甚至学词的指南。如傅绍先《学词初步·学词之程序》云:"读者如不爱诗,则亦不妨单独学词,但平仄总不能不讲。可购本局出版之《学诗入门》,其中载有练习四声法,先自学习,然后读此。"民国期间,沐浴在欧风美雨之下,新诗蓬勃发展,而吟诗填词者仍然后先相继,吟咏之风赖以不绝,《学诗初步》《学词初步》这类指导初学者的入门读物,功不可没。

《学诗初步》《学词初步》自初版后二三十年间,不断被翻印,然近七十年来,却未见重版单行。此次,我们将二书标点整理,合为一册出版,以供初学诗词写作者参考揣摩。《学诗初步》以1940年第19版为底本。《学词初步》以1936年第6版为底本。除改为简体横排之外,基本保持原貌,略加校正。不当之处,尚祈方家指正。

莫真宝
2017年4月

目录

学诗初步

例言 | 3
绪言 | 5

上卷

第一章
诗之缘起 | 9
第二章
诗本乎天籁 | 18
第三章
学诗之益 | 20
第四章
作诗之难易 | 23

第五章
诗体之别异 | 27
第六章
学诗之次第 | 32
第七章
古诗白描之模范 | 35

中卷

第八章
四声之区分 | 41
第九章
四声之练习 | 45
第十章
调平仄法 | 48

第十一章
古韵之通转 | 53
第十二章
押韵法 | 56
第十三章
换韵法 | 59
第十四章
起承转合法 | 62

下卷

第十五章
诗之大纲 | 71
第十六章
学诗有数忌 | 75
第十七章
诗之取材 | 79
第十八章
诗之读法 | 86
第十九章
变体与拗体 | 92

学词初步

编辑大意 | 97

总论 | 99

学词之程序 | 101

句法之研究 | 102

对偶举例 | 103

词之作法 | 108

词韵与诗韵之区分 | 111

押韵须知 | 114

词之换韵 | 116

调名之由来 | 119

词体之辨别 | 120

词之格式 | 123

结论 | 143

本次整理征引文献 | 144

学诗初步

例言

一、是书命名《学诗初步》，专为已通文字，未解吟咏者说法。

一、学诗未得门径，苦难着笔。是书入手，本固有之性灵，为天然之导线，初学读之，诗趣勃发，有俯拾即是之乐。

一、坊间《诗法指南》《诗法入门》等书，皆摭拾陈言，拉杂无次，不便初学。是书指授，语语从实验而来，阅者幸勿略过。

一、是书共分上、中、下三卷，自首章至第七章为上卷，为第一级，教以学白描古诗。自八章至第十四章为中卷，为第二级，教以学近体诗之法度。自十五章至第十九章为下卷，为第三级，教以取材古诗。由浅入深，层次井然。学者果能历级渐进，三月以后，可以赋短章；五月以后，琢句措词，当必斐然可观。

一、是书文字力求浅显，征引故事，必加诠释，以省检查。

一、全书三卷，上卷最易明了，中卷较上卷稍深，下卷又较中卷稍深。其稍深者，初学容有未解处，教习即可依法指示。然果细心阅之，要皆有轨可循，有隅可反，即家居自修，不难依法习练。故有志学诗者，人人可以购阅。

一、诗之取材章,自《葩经》《离骚》而外,所有汉魏六朝、唐宋元明清之诗材,本局皆有极精之选本,支派分明,体裁完备,每首加以评注,以便教员、学生之授受,且所选者,与此章立说皆可印证,故此章实为购读选本之标准。

绪言

人言吟诗乐事也。虽然,使执未解吟咏者强聒之曰:"尔学诗,当讲声律,辨清浊;当工对仗,搜典故;当检韵书,防落韵。"于是遵其教者,苦思终日,不成一句,偶得一句,终不成联,偶得一联,终不成章。如是者数日,鲜不掷笔弃纸,废然而返,何乐之有?噫!是直令初学步之小儿,束行縢蹑厚履也。

盖天下事,有甘苦二境,纯乎天机者,甘多而苦少;纯乎人力者,甘少而苦多。是编之作,所以导人学诗者,不敢谓可全废人力,特不以人力之强制,骤然遏抑其天机。能使学者自得之,如食蔗然,渐入佳境,只觉其甘,而不觉其苦耳。

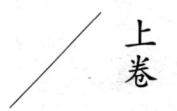

上卷

第一章
诗之缘起

　　诗之字从言，明其为言语之一种。言语者，所以达吾人之意，诗亦不过达吾人之意已耳。然达意既有言语，则无诗亦足以应用，何必更有诗之一种？此则学诗者所先当研究者也。

　　盖人类之意念，随感而起，其复杂至不可以名言，故言虽可以达意，而意有不能尽宣者，则必咨嗟咏叹，以期发挥无遗，而后此心乃快，此歌谣之所由作也。

　　虽然，当其咨嗟咏叹之际，不过为语言之助兴，以期婉转动听而已。惟咨嗟咏叹之不已，偶然一顿一挫，不期而成协韵之调，此种协韵之调，纯乎自然，乃可名之为歌谣。

　　夫歌谣者，诗之母也，故欲知诗之缘起，当先知歌谣之作用。盖歌谣有声有韵，已具诗之规模，例如汉文帝之弟淮南王不法，废弃蜀道而死。淮南厉王长，高帝少子也，事见《史记·淮南厉王传》。民间为之歌曰：

　　　　一尺布，尚可缝。一斗米，尚可舂。读作松。兄弟二人不相容。

"一尺布""一斗米",及"兄弟二人",均为俗语,乃押以"缝""舂""容"三韵,则宛转可诵矣。此其一。又如北齐时郑公父子,父谓道昭,子谓述祖也。先后同官,同官兖州刺史。民间乃歌曰:

大郑公,小郑公,五十载,风教同。风教,谓教化也。

"公""同"二字,居然成韵,是又近于诗矣。此其二。又如三国时周瑜能知音矣。吴谣曰:

曲有误,周郎顾。《吴志·周瑜传》:"瑜少精音乐,虽三爵之后,其有阙误,瑜必知之,知之必顾。"

则"误"与"顾",又成韵矣。此其三。又如汉董卓字仲颖,陇西临洮人,献帝时官至太尉,死于王允。之将败也,童谣曰:

千里草,何青青,十日上,不得生。《续汉书·五行志》:"献帝践阼之初,京师童谣云云。"

以"千里草"按"董"字,以"十日上"按"卓"字,而"青"与"生"亦叶韵矣。此其四。又如三峡地方有一滩名曰黄牛滩,岩石既高，水流又险，三峡之民歌曰：

> 朝见黄牛，暮见黄牛，三朝三暮，黄牛如故。《荆州记》："宜都西陵峡中有黄牛山，江湍纡回，途经信宿，犹望见之。"

则又似押韵而能变换矣。此其五。又如古谣云：

> 城上草，植根非不高，所恨风霜蚤。南北朝宋刘俣作。

是又俨然一诗矣。此其六。又如吴王夫差夫差，吴王名，阖闾之子。时童谣曰：

> 梧宫秋，吴王愁。《述异记》："吴王有别馆在句容，楸梧成林，故名梧宫，或曰即馆娃宫。"

虽仅两句，然国家愁惨之状已尽于六字中矣。此其七。又如古歌云：

> 高田种小麦，终久不成穗音遂。男儿在他乡，焉得不憔悴。

则宛然五古一首矣。此其八。又如汉顺帝时，赏罚不当，童谣云：

> 直如弦，死道边，曲如钩，反封侯。《后汉书·五行志》："李固争清和王当立，梁冀立蠡吾侯。固幽毙于狱，而胡广、赵戒等一时封侯，京都童谣云云。"直如弦，谓李固也；曲如钩，谓梁冀、胡广等也。

四句十二字，分押两韵。此其九。以上所举者，不过歌谣中之一二，而有声有韵，均具有诗之规模。故诗之缘起，起于歌谣，至此乃益可信。不宁惟是，"凡诗之所谓风者，多出于里巷歌谣之作，所谓男女相与咏歌，各言其情者也。"数语见于《诗经》之序言，是诗之缘起，本为歌谣，古人已有先我言之者矣。兹复就《古谣谚》中，择其有趣味者若干首，以为初学之读本，列之如下[1]：

> 后汉张霸为会稽太守，童谣曰：张霸为会稽太守，始到越，贼未解，郡界不宁，乃移书开购，明用信赏，贼遂束手归附，故有此谣。见《后汉书》。

> 弃我戟，损我矛，盗贼尽，吏皆休。

商河县有七十二洼乌瓜切。《一统志》："武定府聂家洼，在商河县西，有七十二

---

[1] 如下　底本作"如左"，据此次整理版式改。下文径改，不再出校记。

注。"遇丰倍收，遇潦尽没，谚有之曰：

　　十年九不收，一收胜十秋。

清明日戴柳谚：《熙朝乐事》："清明日，人家插柳满檐，青茜可爱，男女亦咸戴之。"

　　清明不戴柳，红颜成皓首。

上巳听蛙声占年谚：《月令通考》："上巳即三月三日，听蛙声，占水旱，谚有上昼鸣云云。"《南越笔记》首句有"田鸡"二字。

　　上昼鸣，上乡熟。下昼鸣，下乡熟。终日鸣，上下齐熟。

清明晴雨谚：《月令通考》："清明喜晴恶雨，谚有'檐前插柳青'云云。"

　　檐前插柳青，农人休望晴。檐前插柳焦，农人好作骄。

唐永淳九年童谣曰：《新唐书·五行志》："永淳九年七月，东都大雨，人多殍殕，童谣云云。"

　　新禾不入箱，新麦不入场。迨及八九月，狗吠空垣亩元墙。

汉廉叔度迁蜀郡太守，百姓歌曰：《后汉书·廉范传》："范字叔度，迁蜀郡太守。旧制禁民夜作，以防火灾，而更相隐蔽，烧者日多。范乃毁削先令，但严使储水而已，百姓为便，乃歌之云云。"

廉叔度，来何暮。不禁火，民安作读若做。昔日无襦音儒，今五绔。

长城民歌：《物理论》："秦始皇起骊山冢，使蒙恬筑长城，死者相属，民歌云云，其冤痛如此矣。"

生男慎勿举，生女哺用铺音捕，糖饵也。不见长城下，尸骸相支柱。音驻，与拄通，支柱，支撑也。柱与铺同韵。

俗传滟音艳滪音预堆语：滟滪堆乃积石所成，突兀瞿塘峡口。〇《寰宇记》："瞿塘在夔州东一里，危崖千丈，奔流电激。"

滟滪大如象，瞿塘不敢上。滟滪大如马，瞿塘不可下。滟滪大如牛，瞿塘不可流。滟滪大如鳖，瞿塘行舟绝。滟滪大如龟，瞿塘不可窥。滟滪大如服，瞿塘不可触。

云占晴雨谚：见《田家五行志》。

云行东，雨无踪，车马通。云行西，马溅音箭泥，水没犁。云行南，雨潺士山切潺，水涨潭。云行北，雨便足，好晒谷。

京师为鲍宣鲍永鲍昱歌：《后汉书·逸文》："司隶校尉上党鲍子都、子永、孙昱，并为司隶，及其为公，皆乘骢马，故京师歌云。"

鲍氏骢音聪，三入司隶，再入公，马虽疲，行步工。

晋苻生时长安民谣：《晋书·苻生载记》："东海，苻坚所封地，时为龙骧将军，第在洛门，盖谣言苻坚将称帝也。"

东海大鱼化为龙，男便为王女为公。问在何所洛门东。

又长安民谣：《晋书·苻生载记》："时又有谣云云。于是悉坏诸空城以禳之。既自有目疾，其所讳者，不足、不具、少、无、缺、伤、残、毁、偏、只之言，皆不得道，左右忤旨而死者，不可胜记。"

百里望空城，郁郁何青青。瞎儿不知法，仰不见天星。

匈奴为祁连、焉支二山歌：《十道志》："祁连、焉支二山，皆美水草，匈奴失之，乃作此歌。"按：祁连山即天山，匈奴呼天为祁连也。焉支山即燕支山也。

失我焉支山，令我妇女无颜色。失我祁连山，使我六畜不蕃息。

日没返照谚：《山海经》注云："日西入，则景反东照，故曰反景。扬雄赋所谓倒景也。倒景反照，在秋为多，其变千状，有作胭脂红者，故谚云云。"

日没胭脂红，无雨必有风。

帝纣时谚：《金楼子·箴戒篇》："帝纣手格猛兽，爱妲己色，重师涓声，狗马奇物，充牣后庭，使男女裸形相随，为长夜之饮，时人为之语云。"

车行酒，骑行炙音蔗，与夜字叶，百二十日为一夜。

城中谣：汉时长安城中谣言。改政移风，必有其本，上之所好，下必甚焉。见《后汉书》。

城中好高髻音计，四方高一尺。城中好广眉，四方且半额。城中好大袖，四方全匹帛。

古谚：东汉牟融所引。

少所见，多所怪。见橐驼，言马肿背。驼背有峰高起，不识者以为马肿背也。

第二章
诗本乎天籁[1]

上章言诗之缘起,起于歌谣。然则谓歌谣非诗可,谓歌谣即诗亦可也。盖诗本韵文之一种,而实成于天籁。每见三四龄之小孩,才能牙牙学语,遽教以"子曰子曰,麻雀吃菜叶"两句,未有不喜诵者,非特喜诵,且能永永不忘,何也?以其叶韵也。

准此推之,可知韵文多出于天然。昔孔子听孺子歌曰:"沧浪之水清兮,可以濯我缨;沧浪之水浊兮,可以濯我足。"孔子曰:"小子听之,清斯濯缨,浊斯濯足矣,自取之也。"窃意当日之孺子,未必果读书识字,不过见沧浪之水有清有浊,偶然高唱道:"沧浪的水清,好濯我的缨;沧浪的水浊,好濯我的足。"纯是白话。一自孔子节取其义,记者遂将"的"字改作"之"字,"好"字改作"可以"字,加上语助"兮"字,便成四句绝妙好辞矣。谓非天籁而何?

又不独韵语然也。尝见农夫渔妇,牧童樵竖,虽一丁不识,

---

[1] 籁,音赖。天籁者,天然之音也。二字见《庄子·齐物论》。

而偶发一语，颇有诗致。或改一二字，便成佳句；或竟一字不改，置之名人诗集中，无从辨别者。例如唐人聂夷中曾见三四野老聚话，有"二月卖新丝，五月粜新谷"两语，便作成《伤田家》五古一首，续吟云："医得眼前疮，剜却心头肉。"识者谓此诗有《三百篇》之旨。见《诗人玉屑》及某诗话。夫彼野老之作，此两语亦偶然吐属，毫不经意，乃一经诗人采取，即成名作，此亦所谓天籁者是也。

是故初学作诗，切勿过于固执，自谓吾将学吟咏矣，乱翻书籍，搜寻典故，辨音韵之高下，审对偶之工拙，若是者，是自窒性灵，求入苦境也。其诀要在纯任自然，凡遇风云月露、山水竹石，以及枝头好鸟、水面落花，耳目之所接触，兴之所至，吟成一联两联，或三四联，虽不泥平仄，不拘对仗，而妙句天成，自有无穷之乐趣。初学押韵，即不为诗韵所拘，亦无大碍，盖古韵本可通转（详后）。而天籁之音韵，决不如诗韵所分者。如田家谚语云"六月不热，五谷不结"，又云"雨打秋丁卯，腐烂田中稻"，"热"与"结"、"卯"与"稻"，取其能叶而已。

迨夫诗趣已得，学力渐增，则水到渠成，所谓声调对偶等，自能逐渐讲究，俾就范围。此皆研究有得之语，足为初学之金针也。

第三章
学诗之益

孔子曰："小子何莫学夫诗？"又曰："不学诗，无以言。"诗之不可不学有如此！夫以孔子之圣，尚且视诗为重要，则其有益于人，亦可想而知。虽然，吾为此言，人必有难之者矣。难者如何？彼将曰："孔子时代，与今日之时代不同，今日之时代，重科学之时代也，安有闲情逸致，沾沾焉学无益之诗？"不知诗之为用，其益甚广，且有裨于科学甚大。试为今日学堂中莘莘学子一明告之。

盖研究科学者，当推究发明科学之人，思前人何以有此智慧，以我今日之智慧，寻科学上之智慧，则宜有哲学上之智能。哲学为各种科学之母，以非本书范围，故不述。哲学必讲性灵，舒写性灵，则非诗莫属。下文当畅论之。是故诗为哲学之一，今日学堂中，强半弃诗如敝屣，其不知本末轻重也甚矣！

所谓舒写性灵，莫过于诗者，其道如何？今于此有二说焉。一说为前人所已论者。前人谓"诗以言志"，诗言志，见《尚书》。又言"诗以言情"。首章所引诗序中已有之。即此二语，其益已不可殚述。殚，尽也。何则？志者存之于心，情者本之于性，心性之微，必非寻常话言所能尽达，惟学诗之后，凡言语所不能尽者，诗足以尽之，使其志不致有所郁，使其情不致无所附，所谓舒写性灵，其益盖如此。

不仅此也，今使借端以譬，则学诗如唱歌。学堂中之唱歌，所以和平心气，发扬其精神，其益不可胜数，但制定一歌，人人唱之，尚不知歌意之美妙，学诗之后，则不独声调音节，于长言咏叹之馀，足以收唱歌所有之益，且能制歌。日日学诗，不啻日日制歌，岂惟一唱之益哉！学诗又如听乐，凡人于困倦之际，若一闻丝竹管弦之声，无不情怡心旷，其故何在？亦在于声音之足以动人耳。诗亦声音之学，可谱之于管弦丝竹之中。诗通于乐，故乐府为诗体之一，当于诗体别异章论之。倘此说或病过高，虑初学不能了解，可再浅近言之。盖乐之汎汎，音泛，汎汎，乐声之美也。动听者，以有宫商之和。诗之琅音郎，琅可诵者，以有音韵之叶，同是入耳移情之事，故其收效亦正相同。此本前人所已论者而推言之如此。

一说为吾人研究所得者。大凡人之处境，不外忧患与安乐两途。忧患之积，或至伤身，愤极无聊，厌世自杀，此人生处忧患之变态也。惟学诗之后，必能如朱子所谓"事理通达，心气和平"。八字，见《论语》"不学诗，无以言"注。虽至于无聊，而一吟咏之间，可将其不平之意气逐渐消融。盖其忧患已发挥于诗句之中，譬如煮水极沸，势将外溢，举盖一泄，其沸即平，物理人情，静观可得。故惟学诗者能哀而不伤，其有益于性情之舒泄者，一也。至于安乐之极，志易荒淫，以荒淫而败者，败，谓丧身败家等类。举世滔滔，什居八九，此庸人处安乐之常态也。惟学诗之后，虽于极乐之际，亦能知节，何则？诗多风雅，人之流荡忘返者，大半为俗乐所牵，如声色货利等类。既亲风雅，则于俗乐自无所恋。故学诗后，尽将其快乐发之于诗，即其品格，自能造于高尚之境，是有益于性情之节制者，二也。此由吾人研究所得，而赅括之者又如此。

夫学诗之益，一则可以写其哀，一则可以节其乐，论理固如此矣。但学生时代，亦安有所谓忧患哉！且安乐亦何至于荒淫？故吾当更就学生之方面言之。

学生于上课钟点之外，非温课，亦当休息，似无馀力可以学诗矣。不知学诗与他学不同，初学但求即景生情，随兴而发，非必伏案执笔而后可以学诗，即如"听得铃声响，先生上讲堂。今朝来上课，所学不宜忘"，白话也，然诗趣实涵其中矣。夫若是，何必伏案哉！倘由此深入，便造佳境，故学者稍能用心诗学，则其有益于变化性质之处，当有不胜枚举者，古人云"诗有补于世"，讵虚语哉！

第四章
作诗之难易

天下最易者莫如作诗,而最难者亦莫如作诗。最易者,因诗为天籁,_{天籁说见前}。有所感触即可随口而出,譬如咏雪一题,昔有人口占一绝_{口占者,随口而出也}。云:

一片一片又一片,两片三片四五片,六片七片八九片,飞入梅花都不见。

一二三数句,虽如白话,而形容下雪情景,居然逼肖,以言其易,则易莫易于此矣。然使无第四句结束,几不成诗,是难在第四句也。且言其难,则一字推敲,_{推敲二字详下文}。往往使作诗名家费尽心力。例如唐代诗人贾岛作五言诗一首,内有二句曰:

鸟宿池边树,僧〔〕月下门。

"僧"字下先拟用一"推"字,后拟用一"敲"字,如用一

"推"字则句为"僧推月下门",如用"敲"字则句为"僧敲月下门",究竟"推"字佳乎,抑"敲"字佳乎?贾岛当时再四斟酌,不能自决,于是用手作推门之势,又用手作敲门之势。当其用手作势之际,不知不觉,已行入市街,且一意在诗,目无所见,致冲韩愈卤簿。卤簿,官之前道也,韩愈时官京兆尹。韩愈问之,得悉其事,乃代为决定,曰"敲"字较"推"字佳。盖"推"字平,平则句法近于弱;"敲"字响,响则气足神王矣。今人作诗之时,斟酌字句,名为"推敲",典本于此。试思贾岛为唐时一代诗人,而一字之踌躇,音筹除,疑而不决也。尚且如此,以言乎难,则难莫难于为诗矣。

作诗之难易,可与作文相比较。作文之难,有所谓"人人意中所有,人人笔下所无"者,而初学作文,有时竟能偶然出之,毫不费力,虽老师宿儒,亦不能易一字。此何故哉?盖青年天机敏活,纯乎自然,故不觉下笔之近于是,而作诗之道,亦全在天机敏活,纯乎自然。自然者,化难为易之妙道也。此节言似难而实易。

作文有题目,诗亦有题目。题目难者,作文亦难;题目易者,作文亦易。初学之眼光,莫不如此。其实,极易之题目,在名家视之,或反较极难之题目,尤艰于措手,何则?题目易,则作文亦易,易则人人能道,而意义之佳异者,转觉其难寻。作诗亦犹是也,故骤见之以为易者,深思之每以为难矣。此节言似易而实难。

是以作诗一事，有目不识丁之人而能偶然道著者，有终身耽吟咏而一时不能觅得佳句者，兹试分别举例如下：有数人结一诗社，适值天雪，即以为题。内一人非特不能诗，且不识字，众人欲其先作一联，此人不得已，乃随口曰：

　　一夜北风起，满天雪花飞。

此十字不讲音韵，的是咏雪起联，又有层次，盖雪前必有风也，于是众人叹服。所谓"目不识丁能偶然道著"者，此也。昔有一僧，以善诗名，偶于中秋咏月，诗曰：

　　团团离海峤，渐渐照庭除。今夜一轮满，

作此三句，后其第四句，百思不能续。直至明年中秋夜，于月下即景生情，乃忽得其末句：

　　清光何处无？

得此五字后，叹曰："无以加矣！"盖前三句，句句有月，第四句若再言月，则如画蛇添足矣。四字出《战国·楚策》。蛇本无足，故言文之赘者，比之画蛇添足。于是想到月之光，想到何处无，乃得此五字。夫以善诗之僧，续句至于一年之久，即所谓终身吟咏，而一时不能觅得佳句者，此也。然初学之于诗，不可先以为难，难之境必由易而得，由易而觉其难，则为真难。真难者，学诗最乐之境。特著此篇，以为他日学者能诗后之证券也。

第五章
诗体之别录

诗有体，体各不同，约略举之，如下：

一曰律诗体。律者，如行军之有纪律，调平仄，拘对偶，其格律谨严，不可轻率也。兹先言其大体，则律诗共有八句，首两句为起联，可对可不对，大抵对者少，不对者多。其对者，则如李白五言律诗之起联曰：

青山横北郭，白水绕东城。

"青"对"白"，"山"对"水"，"北郭"对"东城"，是也。

律诗之第三、第四句为颔联，颔联之字义详起承转合法。颔联未有不对者，偶一有之，如崔灏音皓《黄鹤楼》一律律诗一首，可名曰一律，又曰律句；绝诗一首，可名曰一绝，又曰绝句。之第二联曰：

黄鹤一去不复返，白云千载空悠悠。

此第二联之不对者。然千百首中，仅一见之，非定例也。定例则颔联以对仗工整为贵。律诗之第五、第六句为颈联，颈联之字义，亦详见起承转合法。颈联不能不对，与上联同。

第七、第八句为落句，落句可对可不对，与起联同。

总之，律也者，有规则、有范围之义也。故国家定法，列为条件，使人遵守者，谓之法律。律诗云者，盖规定为八句，除首尾两联外，对必工整，此其定律也。

二曰绝诗体。绝者，截也。截取律诗之半，故曰绝诗。绝诗只四句，可对可不对，可全对，可全不对。其四句全对者，如唐诗中《鹳雀楼》一绝曰：

　　白日依山尽，黄河入海流。欲穷千里目，更上一层楼。

"白日"对"黄河"，"千里目"对"一层楼"，是截取律诗之中四句也。其全不对者，如唐诗中《秋浦歌》一绝曰：

　　白发三千丈，缘愁似个长。不知明镜里，何处得秋霜。

是截取律诗之首尾四句也。

准此以推，则上两句对者，犹截律诗之后四句，其下两句对者，犹截律诗之前四句，浅而易见，可无烦举例以明矣。

三曰排律体。律诗限八句四韵，然六句三韵、十句五韵者，亦间有之。排律则十句以上至数十百句均可，前人有好逞其才者，或将一韵目之字押完，可知排律之不限句已，惟其平仄与对偶皆与律诗同。盖"排"字之义，言排比而加增也。排比律诗而加增，故曰排律。

四曰古体。古体者，可大别为古风、乐府两体，故古风、乐府皆名为古体。惟乐府体中，又分歌体、曲体、行体等类。_{尚有曰篇、曰吟、曰叹、曰骚诸名，亦皆乐府之分体。}其名不同，其体亦略异。试将古体中之古风、乐府，及乐府中所分之歌、曲、行等体，大略言之。

（一）古风体。即古诗体，谓诗之最古体也，长短不拘。
今举五言短篇二首如下：

> 采葵莫伤根，伤根葵不生。结交莫羞贫，羞贫友不成。
> 甘瓜抱苦蒂[1]，美枣生荆棘。利傍有倚刀，贪人还自贼。_{贼，害也。}

古诗体平仄可不拘，对偶亦可不讲，于初学最为相宜。_{详见学诗次第章。}

（二）乐府体。乐府又名古乐府，以其音调可以谱之管弦，故名乐府。其体例往往有一韵到底者，有每句押韵者，有中间则可换韵者。_{押韵、换韵详后。}一韵到底如陆士龙《拟古乐府》之属，

---

[1] 蒂 底本作"叶"，据《全先秦两汉诗·两汉卷》（P.258）改。

每句押韵为柏梁体,汉武帝在柏梁台,与群臣共赋七言,每句押韵,后人遂名此体为柏梁。中间换韵如李白《前有樽酒行》一首曰:

> 春风东来忽相过,金樽渌[1]酒生微波。落花纷纷始[2]觉多,美人饮[3]醉朱颜酡。酡,醉色也。青轩桃李能几何,流光欺人忽蹉跎。君起舞,日西夕。西夕,天将暮也。当年意气不肯倾[4],白发如丝叹何益。

上诗每句有韵,入后忽转他韵,此亦乐府之一例也。

再分言乐府中之歌、曲、行等体如下:

(甲)歌体。歌句多寡不拘,自二三句以至数十句均可,惟须叶韵,盖乐府可谱乐,歌体可以唱也。

> 大风起兮云飞扬,威加海内兮归故乡,安得猛士兮守四方。

上为汉高帝之《大风歌》也,仅此三句,每句叶韵,可以入唱,故名为歌。

---

[1] 渌 底本作"缘",据《李太白全集》(P.49)改。
[2] 始 《李太白全集》(P.199)作"稍"。
[3] 饮 《李太白全集》(P.199)作"欲"。
[4] 肯倾 底本作"若乎",据《李太白全集》(P.199)改。

（乙）曲体。曲者，曲也。词随韵转，可以入唱。

姑苏台台名，《越绝书》："吴王夫差破越，筑姑苏台。"上乌栖时，吴王宫里醉西施。越之美女，越得之以献于吴。吴歌楚舞欢未毕，青山欲衔半边日[1]。银箭金壶漏壶之箭，昼夜共百刻。漏水多，起看明月坠江波，东方渐高奈乐何。

上为《乌栖曲》，七言七句三换韵，而一韵一转，转愈多意愈曲，此其所以为曲。

（丙）行体。行体长篇居多，兹举其最短一首如下：

君家在何处？妾住在横塘。停船若相问，或恐是同乡。

上为《长干行》一首，明白如话。行体大率类此，以明词意浅近仍不伤雅，可以通行尽晓，此其所以为"行"也。

---

[1] 日　底本误作"口"，据《李太白全集》（P.175—176）改。

第六章
学诗之次第

　　学诗之次第有二：一为难易之次第，一为深浅之次第。试分别言之。

　　（一）难易之次第。律诗与绝诗，论其实际，律易而绝难。何则？绝诗仅四句，字数既少，几无回旋之馀地。律诗则有八句之多，展拓稍易故也。虽然，律诗重对偶，绝诗不须对偶，在初学自以不对为易，况律诗多一倍，一律可抵两绝，即言完卷之易，亦莫过于绝诗矣。从前科举时代，以律诗为功令，功令者，犹言定例也。故学者不能不学律，今则学诗可以自由，自宜以学为绝诗为第一步也。

　　律绝之次第既如上述。若论五言与七言之次第，则七言易而五言难，盖五言较七言，虽仅少两字，然此两字之少，即七分中有二分不能著力矣。谓五言与七言之比例，其少数为七分之二。如此则初学似宜先学七言也，而不知否否。初学之心理，每以为字少易，字多难，譬如村童就学，先读《三字经》，后读《千字文》，其次第三字先于四字，亦初学一定之程序，此于学绝诗中求其次第，又宜以五言为第一步也。

故又可总括之曰：初学当先学绝诗，以免对偶之劳；当先学五言绝诗，以免字多之惑。一俟五言绝诗稍有门径，则作七言或律诗，反觉有展布之地矣。此以难易为学诗次第之大略也。

（二）深浅之次第。古体与近体，论其精微，古体深，近体浅。盖古体虽明白如话，其意义则包含极深，观前章所引古诗二首可见。极深之义而以白话出之，则所谓深入显出，愈平淡，愈高超也。若近体往往为吟风弄月而作，言情之诗多，言理之诗少，故吾以为古深而近浅。虽然，古体不易学而便初学，近体易学而不便初学。盖近体拘平仄，平仄见调平仄法章。少通韵，通韵详古韵通转章。或遇事拘谨，即苦束缚，不如古体无失黏失黏者，言平仄声误用，近体有之，古体则无。之患。又近体间用对偶，古体不须，近体用韵极严，古体有他韵可通，且五言中杂七言句，七言中杂五言句，一首内句之长短参差均可不拘。例如李白《将进酒》一首。原作殊长，兹将前半可以顿歇处节之以示例。

君不见黄河之水天上来，奔流到海不复回。又不见画堂明镜悲白发[1]，朝如青丝暮如[2]雪。人生得意须尽欢，莫使金樽空对月。天生我材必有用，千金散尽还复来。烹羊宰

---

[1] 又不见画堂明镜悲白发　《李太白全集》（P.179）作"君不见高堂明镜悲白发"。
[2] 如　《李太白全集》（P.179）作"成"。

牛且为乐，会须一饮三百杯。岑夫子，丹邱生[1]两人名。与君歌一曲，请君为我倾耳听。下从节。

上诗为古体，不重对偶，一也；不拘平仄，二也；忽而十字一句，忽而七字数句，忽而三字两句，忽而五字一句，句之长短不拘，三也；起叶"来"字韵，忽而转"发"字韵，忽而又转"来"字韵，忽而又叶"生"字韵，韵之不拘，四也。随口而出，无所不宜，其便于初学为何如耶？故就深浅之次第论，转以先学古体为宜者，又其一也。

综兹而论，则学诗之次第，已可知其大略，学者苟能本其心理之观念，以为浅易者先学，次再及于深而难者，则循序渐进，将来之造就，又岂作者今日所能限量欤。

---

[1] 丹邱生 《李太白全集》（P.179—180）作"丹丘生"，其后有"进酒君莫停"一句。

第七章
古诗白描之模范

诗体之别异，及学诗之次第已明，即当仿作古诗，以五言二韵为限，然亦不可无模范。故学者于此，当先读古诗数十首，心领神会，然后下笔。古诗当取其言近而旨远者，看似白描，实则意味深长，兹特举例如下：

　　床前明月光，疑是地上霜。举头望明月，低头思故乡。
此唐李白诗也。

作者当时在卧室，见月光铺地，其白如霜，遂引起诗兴，口占上二句，因而出门仰望明月，顿起乡思，遂续吟下二句。四句明白如话，不用一典，似全不费力者，而情景宛然，凡在异乡望月之人，都为现身说法，故人人乐诵之也。

　　朝上乌鸦关，暮下乌鸦关。老乌啼哑哑，行人还未还。
此明施武咏乌鸦关诗也。

此诗亦如白话，乌鸦关之朝上暮下者，言行人之多也，但长日听老乌之啼，而行人之还未卜，写尽境地险恶。虽寥寥二十字，而意在言外，咀嚼不尽，真妙绝也。

　　步出城南门，怅望江南路。前日风雨中，故人从此去。
此元揭奚斯《晓出顺城门有怀何太虚》诗也。

首句直叙步出城门，出门之后，乃望江南之路而增惆怅。说来层次井然，但何以望之而惆怅乎？盖此路即前日风雨中故人所去之路也。不明写怀字，而怀之意自足。○前两诗一押"霜""乡"，一押"关""还"，为押平韵，此诗押"路""去"两字，为押仄韵也。平仄之辨详后。

　　小儿呼阿爷，树上捉蝴蝶。老眼看分明，霜黏一黄叶。
此清人诗也。

此为写景之诗，而以游戏出之也。霜黏黄叶，宛似蝴蝶，小儿误看而老眼独分明，则老年人较多阅历之意，自在言外。○此诗亦押仄韵。

　　上所引之古诗四首，或系望月咏怀；或写所历境地，或怀远别之友，或绘眼前之景，皆就耳目所及，兴之所发，脱口而出，不引一典，不调平仄，不用对偶，而妙句天成，令人百读不厌。推想作者当时之乐，更何如也。愿学者以此为模范，随拈一题，日赋一二首，久之，诗趣盎然，必当更求进境，则请再阅第二卷可也。

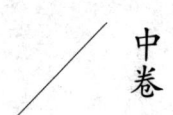

中卷

第八章
四声之区分

何谓四声？曰平、上、去、入是也。何谓平、上、去、入？曰平声者，其声平；上声者，其声上；非上下之上，乃自下而上之上，上下之上为去声，自下而上之上，方为上声。去声者，其声去；入声者，其声入。其歌诀如下：

平声平道莫低昂
上声高呼猛烈[1]强
去声分明哀远道
入声短促急收藏

平声平道而声和，故曰"平声者，其声平"；上声高呼而声亢，故曰"上声者，其声上"；去声哀远而声展，故曰"去声者，其声去"；入声急收而声翕，合也。故曰"入声者，其声入"。然如此区分，虽极浅显，恐初学仍难领悟，兹以下篇四声练习中

---

[1] 烈　底本误作"力"，据《贯珠集·玉钥匙歌诀》(P.49)改。

之"东""董""冻""笃"四字，提此以明其理。

  平 〔东〕 说一"东"字，其尾声任延长之，总是不低不昂。试以"平"字与"东"字互换读之，其不低不昂皆同。馀可类推。

  上 〔董〕 非提读则音不确，提读"董"字，并无何等尾声。试以"上"字与"董"字互换读之，其宜提读而无尾声皆同。馀可类推。

  去 〔冻〕 "冻"字虽有尾声，但哀远而短，若强延长之，则必混为平声。试以"去"字与"冻"字互换读之，则其尾声之哀远而短皆同。馀可类推。

  入 〔笃〕 并无尾声，一读便歇。试以"入"字与"笃"字互换读之，其一读便歇皆同。馀可类推。

观乎此，则知平声与去声之字，均有尾声，上声与入声之字，均无尾声，此其区分者，一也。平声字之尾声可长读而无低昂，去声字之尾声哀远而短，此为平、去两声之区分者，二也。上入二字，均无尾声，既均无尾声，当如何区分之？曰：上声之字，读之响而亮，入声之字，读之木而实。晨鸡之鸣于伸颈引吭之初，其音为上声，以其音之能提而响亮也；乐工之板，按节而拍，以禽繁响，其音为入声，以其音之能歇而木实也。借观物理，则可以响亮与木实之辨，为上、入二声之区分者，三也。按：文成《字汇》有"见溪群疑，端透定泥"等三十二字母，分喉齿唇诸音，以区分宫商角徵羽，藉定平上去入四声，精微深奥，决非初学所能知，俟他日有进于此者之作，再详述焉。总之，平、上、去、入四声之区分，即以平、上、去、入四字之义，一加审察，已思过半矣。

而平中又有所谓上平声、下平声者，今于此又不可不一论焉。上文不云乎？"平声平道莫低昂"，但虽无低昂之别，要有阴阳之分，大抵宫音近阳，商音近阴，阳即上平，故前人称上平为阳平；阴即下平，故前人又称下平为阴平。阳平、阴平之分，则在反切。反者，翻也。翻其音而切之，始于魏孙炎之注经，孙炎，人名。古本无之。反切于初学似稍困难，然欲辨上、下平，不能不约略言之。其法止用二字，上一字与本字同母，下一字与本字同韵。同母者，如同为舌头音之"当"字、"丹"字、"东"字、"都"字之类；唇齿喉牙等音仿此。同韵者，如同在一韵之"风""中""公""翁"，皆为"一东"之类。馀可类推。由是试以"当""风"二字，可切为"东"，而"都""洪"二字，亦可切为"东"。盖"都"为舌头音，与"东"之本字为同母，"洪"则与"东"字同韵也。明乎此，则非特上平、下平可区分，即阳平中之阴平，阴平中之阳平，亦可区别矣。例如（一东）（三江）"东""江"皆上平声，而"东"字为纯阳，江字则又为阳中之阴矣。何以言之？盖"东"，都洪反，"江"，古双反。昔人辨宫商二音，有口诀曰："欲知宫，舌居中。欲知商，口大张。"今都洪之为"东"，则舌居中而得声，古双之为"江"，则口大张而始确。一宫一商，固已截然不同，况其声之本分上下平乎？今试以阳平中之阴平，及阴平中之阳平，再浅近言之。则如诗韵_{诗韵作于沈约，吴兴人。}中平声共三十韵，而惟上平之十一真，可以通下平之一先。_{通韵本非此篇范围，当另详古韵通转章，兹特举以区分上下平耳。}下平之七阳，可以通上平之三江，此外则上平之可通韵者，仅限于上平，下平亦仅能通下平，是知"真"与"江"同为上平，而阳中有阴声也；"先"与"阳"同为下平，而阴中有阳声也。但阳中有阴声，而仍为上平者，从其阳音之多数耳；阴中有阳声，而仍为下平者，从其阴声之多数耳。夫研究上、下平之区分，本系考正韵学之事，兹因区别四声而连及之，不过发凡举例，示学者以崖略而已。

第九章
四声之练习

平、上、去、入四声之区分，既如上述。本章再言四声之练习，俾初学知所取径。练习之法，可先自口始，口之部分，大别之，不外喉舌唇齿四端。兹即以四端之练习先略言之。

一为喉部之练习。如（杭项巷匣）^{平上去入}是也。以此四字之音，皆出于喉部。喉部既能发此四声，则喉音中有平上去入矣。然平上去入之出于喉音者，不仅此字，举凡类于此者，皆可于练习得之矣。此其一。

二为舌部之练习。舌部又可分为二：一、舌端之音，如（端短籪掇）平上去入是也，二、半舌之音，如（来览滥勒）^{平上去入}是也。是舌端与半舌各有其平上去入之分，由此变化百出，繁复而不能举其数，皆可于练习舌音时细辨之矣。此其二。

三为唇部之练习。唇部有轻重之分。轻唇则如（非菲废弗）^{平上去入}，重唇则如（冰并病帛）^{平上去入}。一轻一重，而各有四声。声既不同，字乃无尽，声音之道，由是益繁，学者可以唇间试其轻重而练习焉。此其三。

四为齿部之练习。齿部可分为四。如（溪起去乞）^{平上去入}为牙音之四声，（精井进即^{平上去入}）为齿头之四声，（申审圣设^{平上去入}）为正齿之四声，（时是树日^{平上去入}）为半齿之四声。以上四者，其辨较微，练习既熟，自能了悟。此其四。

虽然，口头之练习，若仅举此寥寥数例，恐学者未厌于心。兹再杂举八十四字之读法于下，可按上述喉舌唇齿各部，一一而细别之。例如"东董冻笃"，则为舌端之声。此外某字属某部，下文不再诠释，以便学者练习而自得之。

平上去入	平上去入	平上去入	平上去入
东董冻笃	公拱贡各	丰捧俸福	蒙蠓梦睦
丛冗颂俗	空恐控哭	钟肿种祝	龙陇弄鹿
容俑用郁	江讲绛觉	邦榜谤卜	扛港降各
双爽丧叔	为苇会或	枝主注折	垂罪瑞杂
眉美妹墨	奇跽忌及	悲彼贝不	微尾未佛
非匪废佛	鱼语遇玉	初楚醋错	车举句厥
虚许煦血	疏锁素肃	芜抚赋弗	儒竖树日
扶武附物	溪起气乞	妻取趣七	鸡几季吉
主诡贵国	佳解戒吉	排罢败拔	开恺慨刻
来蕾赖勒	台待代特	胎骀退脱	辛省信息
仁忍刃日	申审圣设	根梗艮格	旬静净绝
元软愿月	寒旱汗合	端短簖掇	删潸散瑟
先选线息	千浅茜切	烟衍咽邑	萧小笑屑

蒿好耗黑　嚣晓孝歇　歌古过骨　波谱布不
麻马骂木　巴把霸剥　央痒样逸　良两量立
兄汹〇血　名敏命灭　晶井进即　灵岭令栗
丁顶钉的　蒸轸正职　尤有宥叶　邹走奏责
修擞瘦涩　金紧禁吉　覃断段突　严辇念蘖
签浅倩辑　咸焰艳亦

  上为练习四声之资料，久读细读之后，凡辨声之道，自不难豁然贯通焉。盖久读则喉舌唇齿皆相习而便利，细读则轻重高下皆精确而无差。过此以往，即可与讲声调矣。

第十章
调平仄法

四声练习既熟，乃可与言调平仄法。盖无论上平、下平，均为平声，而上、去、入三声，则俱属仄声。如一二三四五六七八九十，十个字，止第三字为平声，其馀如"五""九"两字为上声，"二""四"两字为去声，"一""六""七""八""十"五字为入声等，俱是仄声也。因此，可知仄声字多于平声字矣。兹先举五言律调平仄法列之如下：

五言律式：此平起仄受者。〇下句与上句首二字平仄相反者曰反，下联首句与上联次句首二字平仄相同者曰黏[1]。

平平仄仄平 起句　　仄仄仄平平 反起句

仄仄平平仄 黏二句　平平仄仄平 反三句

平平仄仄仄 黏四句　仄仄仄平平 反五句

仄仄平平仄 黏六句　平平仄仄平 应起句

五言律式：此仄起平受者。

仄仄仄平平 起句　　平平仄仄平 反起句

---

[1] 黏　底本作"粘"，此书"粘""黏"在同一个意义上混用，现据大多数写法统一为"黏"。下文径改，不再出校记。

平平平仄仄黏二句　仄仄仄平平反三句

仄仄平平仄黏四句　平平仄仄平反五句

平平平仄仄黏六句　仄仄仄平平应起句

学者将以上所列式，随口念熟，则作五律时可无失黏失黏者，应用平者误用仄，应用仄者误用平之类是也。之患。若作五绝，则任取上两式中之一式，截其一半，依其平仄调之可也。兹更举七言律调平仄法列之如下：

七言律式：此平起仄受者。

平平仄仄仄平平起句　仄仄平平仄仄平反起句

仄仄平平平仄仄黏二句　平平仄仄仄平平反三句

平平仄仄平平仄黏四句　仄仄平平仄仄平反五句

仄仄平平平仄仄黏六句　平平仄仄仄平平应起句

七言律式：此仄起平受者。

仄仄平平仄仄平起句　平平仄仄仄平平反起句

平平仄仄平平仄黏二句　仄仄平平仄仄平反三句

仄仄平平平仄仄黏四句　平平仄仄仄平平反五句

平平仄仄平平仄黏六句　仄仄平平仄仄平应起句

学者将以上所列式随口念熟，则作七律时可无失黏之患。若作七绝，则任取上两式中之一式，截其一半，依其平仄调之可也。

凡作近体诗，平仄一字不差，自是正法。例如：

　　　　仄仄平平仄　平平仄仄平　平平平仄仄　仄仄仄平平
　　　　草阁俯清溪，茅檐古木齐。红尘飞不到，只有水禽啼。

此为五绝平仄之不差一字者。欲作律诗，不过依后半四句之平仄，再作四句便得。又如：

　　　　平平仄仄仄平平　仄仄平平仄仄平　仄仄平平平仄仄
　　　　天台本与雁山邻，只隔中间一片云。一片云边谁识我，
平平仄仄仄平平
三千里外却逢君。

此为七绝平仄之不差一字者。欲作律诗，不过依后半四句之平仄，再作四句便得。但前人于五言近体诗，有"一三不论"之说，谓诗句中第一字、第三字，平仄可以不拘。例如：

　　　　仄仄　平　平平　　仄　平　　仄平　平平平仄仄　仄
　　　　打起〔黄〕莺儿，〔莫〕教〔枝〕上啼。啼时惊妾梦，不
仄仄平平。
得到辽西。

此诗原是仄起平受，但第一句"黄"字应仄而平，第二句"莫"字应平而仄，"枝"字又应仄而平，所谓"一三不论"是也。前人于七言近体诗，又有"一三五不论"之说，谓诗句中第一字、第三字、第五字，平仄可以不拘。例如：

　　　　仄仄平平仄仄平　　仄　平　平　仄仄平平　仄　平
　　　　月子弯弯照九州，〔几〕家〔欢〕乐几家愁。〔几〕家
平　仄平仄仄　仄仄平平仄仄平
〔夫〕妇同欢乐，几个飘零在外头。

又如：

〔两〕堤〔烟〕柳碧于纱，〔中〕夹茅扉〔三〕二家。数点〔睡〕凫飞不去，〔月〕明〔溪〕涨白芦花。
（两仄 堤平 烟平 柳仄 碧仄 于平 纱平，中平 夹仄 茅平 扉平 三平 二仄 家平。数仄 点仄 睡平 凫平 飞仄 不仄 去仄，月仄 明平 溪平 涨仄 白仄 芦平 花平）

此两诗第一首是仄起平受，第二首是平起仄受，但第一首第二句"几"字应平而仄，"欢"字应仄而平，第三句"几"字应平而仄，"夫"字应仄而平。又第二首第一句"两"字应平而仄，"烟"字应仄而平，第二句"中"字应仄而平，"三"字亦应仄而平，第三句"睡"字应平而仄，第四句"月"字应平而仄，"溪"字应仄而平，所谓"一三五不论"是也。

虽然，昔王渔洋先生<small>清王士禛，新城人，号阮亭，又号渔洋山人。有《精华录》等行世</small>。云："律句正要辨一三五，俗云'一三五不论'，怪诞之极。"然则，初学调平仄，宁以少差为是，幸勿借此以自便也。

若夫古诗则不调平仄矣，然亦有天然之音节。昔刘大勤问渔洋先生曰："古诗虽异于律，但每句之间亦必平仄均匀，读之始响亮。其用平仄之法，于无定式之中，亦有定式否？"答曰："毋论古律正体、拗于巧切体，皆有天然音节，所谓天籁也。唐宋元明诸大家，无一字不谐，是无定式中有定式矣。"惟此非初学所易知，不过因论调平仄法而兼及之。

虽然，以初学而求古诗音节，亦非无法。一木堂曰："朱晦翁_{宋朱熹}。尝自言将渊明_{陶渊明,晋人}。诗平仄用字,一一依他,做到一月后,便解自做,不要他本子。"按此是学诗一粗法,初学亦可用之,不拘作古今体。取前人一诗,依其平仄做去,_{律则效其句法}。至纯熟后,自能合法也。

第十一章
古韵之通转

梁时浙江吴兴人沈约作《四声谱》，分平声三十韵，上平与下平各十五，上声之韵二十九，去声之韵共三十，入声之韵凡十七，此即今之诗韵也。韵可通转，通转之法，律诗严而古诗宽。欲知古韵通转之宽，须先知通转二字之义。

以本音通本音，谓之"通"；其非本音而通者，谓之"转"。故通者径通也，如"东""冬"可通、"庚""青""蒸"可通之类；转者声转而后可通也，如"东"转"江"、"支"转"佳"之类。

然此际尚有亟宜先为说明之一事。厥事维何？即何谓本音，何谓转声是也。所谓本音也者，如"东""冬"均为舌端之音，"庚""青""蒸"均为齿头之音，其音既同，故曰本音。如可通，则径通矣。转声也者，如"东"为宫音，"江"为商音，_{诀曰："欲知宫，舌居中；欲知商，口大张。"读"东"字舌在中，故为宫音；读"江"字口必张，故为商音，其实即舌端与正齿二音也。}"支"为徵音，_{"欲知徵，舌抵齿。"}"佳"为商音，_{读"佳"字口张，故商音。}凡此即非本音。故欲通其韵，必先转声而后可。

通转之义，及其运用，既如上述，今宜论及古韵通转之宽矣。如"东""冬"固可通，而"东"与"江"既非本音，亦惟有转韵而已。乃古韵不然，"东""冬""江"三韵皆可通。此其一。

四支之与"佳""灰"，亦非本音，可转而不可通，然古韵则"支""微""齐""佳""灰"五韵皆通。此其二。

虽然，以上犹皆为上平声也。若十一真之与"文""元""寒""删"，及下平声之一先，在律诗万无可通之理，而古诗则竟以"真""文""元""寒""删""先"六韵通叶矣。兹略举一端以为例，如"天"字为一先韵，"新"字为十一真韵，《诗经》："文王在上，于昭于天。周虽旧邦，其命维新。"此"真""先"通韵之例。馀皆有之，兹不遍举。此其三。

至三江之通七阳，二萧之通"肴""豪"，犹得曰声之谐耳。若夫下平声之"侵""覃""盐""咸"四韵皆通，则惟古韵为然矣。此其四。

他如六鱼七虞以及八庚九青十蒸之相通，古韵尤习见不鲜。此其五。

不第平声有之，即如上声之一董二肿可通，"董""肿"之与三讲可通，四纸之与五尾八荠九蟹十贿可通，十一轸与"吻""阮""旱""潸""铣""之"六韵可通，"筱""巧""皓"之三韵可通，"哿"与"马"可通，"梗"与"迥"可通，"寝""感""俭"可通，凡兹皆为上声中古韵之通转也。此其六。

去声中古韵之通者，则有一送二宋三绛也，四置五未八霁之于九泰十卦十一队也，六御之通七遇与十二震之通"问""愿""翰""谏""霰"也，十八十九二十之"啸""效""号"

三韵,及其顺次而下之"个""祃"二韵,又各自相通也。"漾""敬""径""宥"四韵,虽未有通转,而二十七沁之于"勘""艳""陷",则古韵又可通矣。凡上声三十韵,而可通者二十六,是古韵之宽也。此其七。

入声亦有之。"屋"之于"沃"、于"觉"则相通,"质"之于"物"、于"月"、于"曷"、于"黠"、于"屑"则相通。十药或言可通"觉",实则古韵并无通。"陌"通"锡"、通"职"。入声十七韵所未见通转者,"缉""合""叶""洽"四韵耳。此其八。

古韵于四声各有其通转之例。既如此,至沈约分韵之初,其能悉合于精微与否,亦当研究。夫音声本为天籁,故古人歌咏出于自然,虽不言韵而韵转确。自沈约作《四声谱》以后,欲以人籁求合乎天籁,而又蔑视古人所用之韵,惟取其时代相近之音声,撰为声谱。兹试检阅诗韵,几与古韵格不能通,诚有如顾炎武所谓:"休文作谱,不能上据雅、南,旁摭之石切骚、子,以成不刊之典,而仅按班、张以下诸人之赋,曹、刘以下诸人之诗所用之音,撰为定本,于是今音行而古音亡。"呜呼,此真不易之论也!由是观之,则人谓沈约以南人定谱,不免杂以土音,犹属学者肤浅之谈。盖沈韵最大之弊病,则在蔑弃古音,使二雅、《大、小雅》也。两南,《周、召南》也。以及先民之轨范荡焉无存,致今之所行者,皆汉魏以后之音,此则不能无遗憾也。论古韵之通转,涉笔及此,不禁感喟丘愧切系之矣。

第十二章
押韵法

诗之有韵，犹柱之有础。础，音楚，柱石也。础不稳，则柱必倾；韵不稳，则诗必劣。诗之工拙，大半关系于韵，故押韵之法不可不研究也。

（一）勿凑韵。凑韵者，所押之韵与全句意义不能自然连贯，乃勉强凑合而成也。凑韵之句必软，如柱已离础苏朗切而有将倾之势。初学易犯此病。欲除此病者，不宜以韵就意。将押某字，须先从某字中想出意来，例如"露从今夜白，月是故乡明"两句，"明"字与"故乡"字本不连贯，而作者先从"明"字想到月明，想到月明故乡，恰偏将"月""明"二字拆开成此五字，情景兼到，句法又何等雄健，真可法也。

（二）勿两押同义之韵。同义之韵者，如六麻韵中之"花""葩"，七阳韵中之"芳""香"，十一尤中之"忧""愁"等皆是。若一首诗中既押"花"字又押"葩"字，或既押"芳"字又押"香"字，或既押"愁"字又押"忧"字，即使命意不同，而阅者终觉其重沓可厌。此亦初学所当知也。惟古诗及排律之长者，亦不拘此。

（三）律诗忌落韵。落韵者，出韵之谓也。古韵之通转，惟押于古诗则可，若于律诗、绝诗，究属不宜。昔唐人裴虔馀曾作七绝一首，其上联押一"垂"字，下联押一"归"字。绩溪胡仔讥之曰："检《广韵》《集韵》《韵略》，垂与归皆不同韵。此诗为落韵矣。"据此，则初学近体诗者，落韵亦所当戒也。

（四）勿押重韵。押重韵者，一韵两押或三押之谓也。近体诗之不宜犯此，固无论矣。若在古诗，虽古之大家，间或犯此者，杜少陵《北征》通篇用两"卒"字，一曰"几日休练卒"，一曰"仓皇散何卒"。然此两"卒"字实各异义，一作兵卒，一作仓卒也。苏子瞻《送江公著》诗曰"忽忆钓台归洗耳"，又曰"亦念人生行乐耳"，自注曰："二耳义不同，故得重用。"是二公虽重韵而义自别，犹可也。愿初学勿以为借口之资耳。

（五）押韵字法。押韵之字，能妥贴顺适，无论已。有必不可不颠倒用之者，然亦当视其字义之如何，而后措字。例如"古史散左右，新书置后前"，前后也，而倒为后前，以"前"字押韵故耳。特"前""后"二字即倒置，终于义不碍，故可也。若强不可倒之字而倒之，则不通矣。

欲除以上诸病者，当先知押韵有选择之法。选择可分两种：一为限韵。限韵者，如选择一韵中某某数字而押之，此则大都出于命题者之意，可不具论。一为赋诗者自己之选择。此种选择又有二说：一说谓凡有一题到手，先宜选其韵之近于题目者；一说谓诗韵中有字数既少，字复生僻者，谓之险韵，险韵不易押，押之妥帖者，可以见长。由前之说，则选择务取其宽而易者；由后之说，则选择务取其窄而难者。宽而易者，押之每多自然；窄而难者，押之尤觉新颖。二说皆不为无见。特平心论之，押韵选择之法，自以前说为初学所最宜，惟诗学深者不在此例。然亦有深入显出者，前人谓白太傅即白乐天，名居易，唐代诗人。之诗，老妪多解。夫诗至老妪能解，则艰深之韵，必无取也明矣。

第十三章
换韵法

古人作诗,有换韵之法。其法或言起于陈、隋,实则三百篇中已开其例。不过《诗经》难学,故言古诗换韵者,必推本于陈、隋,至唐时其法愈备。其法如何,试言如下:

古诗换韵之法,大抵首尾腰腹须铢两匀称。所谓铢两匀称者,例如古诗一首,假定为十六韵,其间四韵一换或八韵一换,使通首上下停匀,无参差不齐之病。故前人谓换韵之法,切勿头轻脚重。头轻脚重者,如十六韵一诗,其前六韵俱同而后此之大半首忽换他韵,此即头轻脚重也。若反乎此,即头重脚轻矣。

然或问古诗中有六句一首者,如每句叶韵,通首亦共六韵,则将三句一换乎?此必无之理也。盖换韵之句,必以偶数,不能以奇数。偶,双也;奇,单也。三句则为奇数,必不能换。如二句一换,又嫌其气促。然则究应如何,试举李白《乌夜啼》一首以示例:

黄云城边乌欲栖,归飞哑哑枝上啼。两句,叶八齐韵。机中织锦秦川女,碧纱如烟隔窗语。停梭怅然忆远人,独宿空

房泪如雨。四句，叶六语韵。

上全诗六句，前韵二句，后韵四句，而不嫌其头轻脚重者，其窍在第五句之未尝叶韵耳。故初见之，觉前韵二句，后韵四句，似有头轻脚重之嫌，而细读之，反觉其轻重匀称。乃悟前半首二韵，后半首三韵，全诗共五韵。五韵若匀剖之，则为二韵半。然半韵也者，虽鬼斧神工及几何学大家，亦不能分剖。是二韵、三韵，仍属匀称之极矣。此其例也。

陈、隋以后，沿用换韵之法者，如唐之王右丞、高常侍、李东川、杜子美诸诗人俱能之。然最长于此者，莫如李太白。太白非特七古换韵，即五古亦常用之。例如《经下邳圯桥怀张子房》一首：

子房未虎啸，破产不为家。沧海得壮士，椎秦博浪沙。首四句二韵，叶六麻。报韩虽不成，天地皆振动。潜匿游下邳，岂曰非知勇。中四句二韵，叶一董二肿。我来圯桥上，怀古钦英风。惟见碧流水，曾无黄石公。叹息此人去，萧条徐泗空。尾六句三韵，叶一东。

上诗首四句叶六麻韵，五六两句换一董韵，七八两句换二肿韵，后六句换一东韵。如此，似不得谓之匀称矣。不知一董与二肿古韵本通，见上篇古韵通转章。故上诗五六七八四句，名虽分一董二肿两韵，实则同为一韵。是以上诗首、腹共八句，仍是四句一换韵。换韵之四句中，押韵每仅两字。言上诗首四句只押"家""沙"两字，腹四句仅押"动""勇"两字也。尾六句换韵仅押三字。言押"风""公""空"三字也。由是言之，则上诗首两韵、腹两韵、尾三韵，三韵有六句，故仍为偶数。其匀称为何如也。

至于七古之换韵，其首尾腰腹须匀称，亦与五古同。大抵惟平仄相间，平仄相间者，譬前四韵用平声韵者，次四句宜换上、去、入三声之仄声韵，再四句则又须换平声韵。馀类推。与一声之韵到底两法。一声之韵到底者，言虽换韵而同为平声，或同为仄声之类。平仄相间换韵者，多用对仗，可间以律诗体句。若平声韵到底者，断不可杂以律句；仄声韵到底者，更宜矫健。此古诗换韵之大略也。

至于不换韵之诗，其用仄韵者，其单句单句，指第三、第五、第七等句，谓出句也。末一字可平仄间用。若用平声韵者，其单句末一字切忌用平声。盖用平声，则音节不谐。此亦七古不换韵者之法度也。

押韵变换之法，既如上述。兹宜更言通常押韵之变调矣。通常押韵如上述外，律诗中更有进退格一种。例如七律八句，首二句用一先韵，三四两句换用十一真韵，于是五六两句更用一先韵，七八两句更用十一真韵。一进一退，所谓进退格也。此法白居易创之。惟必古韵本相通，始可用。若必不能通，如宫商悬异之韵：一先而杂以七阳，六鱼而杂以十一尤，则必不可。则仍不能执此法以借口也。

第十四章
起承转合法

诗之为绝为律，体虽不同，而法之有起承转合则一。譬如绝诗有四句，则第一句是起，第二句是承，第三句是转，第四句是合；若律诗有八句，则两句为一联，其第一联是起，第二联是承，第三联是转，第四联是合。

故律诗第一联为起联，又名发句。全诗从此起手，不可稍涉平庸。作者应先将题目看清，然后思题目如何破法。破题有明有暗，有直有陪，均为起法中所不可不知者。兹再分别言之：

所谓明起者，与直起同。开口即将题面说出，无一毫做作之态。例如唐人咏虢国夫人一首：

题为《虢国夫人》 诗曰：虢国夫人承主恩，平明骑马入宫门。却嫌脂粉污颜色，淡扫蛾眉朝至尊。此诗为七绝，但七律及五言律绝之起承转合法无不同，前已言之，学者当可意会。下仿此。

观乎此，则知题中四字，于第一句即直捷写出，不得谓之骂题，且得谓之开门见山。凡类乎此者，均为明起，又为直起。但此例不一而足,未能遍[1]举,学者可类推也。

所谓暗起者,与陪起又不同。暗起不见题字,而题之本意固在焉。例如明于忠肃公咏石灰诗一首:

题为《咏石灰》 诗曰:千锤万击出深山,烈火焚烧若等闲。粉骨碎身全不顾,只留清白在人间。

本题为《咏石灰》,起句不说石灰,只说"千锤万击出深山",是即暗起之例。然亦不一而足,特举此浅近者,以为举一反三之助也。

所谓陪起者,或写景,或咏物,盖将欲说彼,必先说此也。今先举写景之例,如唐人咏寒食一首:

题为《寒食》 诗曰:春城无处不飞花,寒食东风御柳斜。日暮汉宫传蜡烛,轻烟散入五侯家。

此诗第一句不言寒食,而言春城飞花,是写景也。盖寒食则春已过半,所以春城之内到处飞花,确是寒食之景象,非闲语也。

咏物之例,如唐人咏十五夜望月一首:

---

[1] 遍 底本误作"偏",据文意酌改。

题为《十五夜望月》 诗曰：中庭地白树栖鸦，冷露无声湿桂花。今夜月明人尽望，不知秋思在谁家。

其第一句说中庭，说树，说鸦，是为咏物。以上二者，皆陪起之例。此外，又有颂扬起、感叹起等，如明人咏梅花诗一首：

题为《梅花》 诗曰：琼姿只合在瑶台，谁向江南处处栽？雪满山中高士卧，月明林下美人来。此七律诗，因论起法，故不全录。

本题为咏梅花，而起句乃曰"琼姿"，曰"只合在瑶台"，曰"谁向江南处处栽"，此为尊题之法。看得梅花非常名贵，不觉极口称赞，此为颂扬起也。

又如咏白燕一首：

题为《咏白燕》 诗曰：故国飘零事已非，旧时王谢见应稀。月明汉水初无影，雪满梁园尚未归。亦系七律，因现论起法，不全录。

咏白燕则应从白燕咏起，乃必感慨系之曰"故国飘零"，曰"事已非"，曰"旧时王谢"，此所谓感慨起也。

起法既略举数例如前，兹当再言起法后之承法矣。

律诗中第三、第四两句为颔联。即第二联，犹绝诗之第二句。颔在领上，有承领之义。承领何物乎？承领上文起句中之意旨耳。故起联佳者，颔联亦易着手，若起联佳而颔联不佳，则起联亦等于落空，是以承接处欲紧，不可松泛。例如唐人咏黄鹤楼一首：

题为《黄鹤楼》 诗曰：昔人已乘白云去，此地空馀黄鹤楼。起。黄鹤一去不复返，白云千载空悠悠。承。晴川历历汉阳树，芳草萋萋鹦鹉洲。日暮乡关何处是，烟波江上使人愁。

其起联之下句曰"此地空馀黄鹤楼"，而颔联即紧接曰"黄鹤一去不复返，白云千载空悠悠"，白云、黄鹤皆起句中所有，颔联即仰承意旨而申言之。此承法之最好规模也。

起承既明，则当知转法。

律诗之第五、第六两句为颈联。即第三联，犹绝诗之第三句。颈联之颈字，余幼时亦尝疑之，以为律诗共止八句，而颈不在第二句或稍下如第二联，乃竟在第三联中之第五、第六两句。若以人体比较之，则其部位当在腹次，而乃名之曰颈，岂非滑稽之甚乎？及后稍事研究，乃恍然于古人命名之妙矣。盖人生百体，如手之敏不能反握，如足之捷不能反步，其能俯仰上下、照顾前后者，则莫如颈。名之曰颈联者，亦欲其俯仰上下文，照顾前后意耳。俯仰照顾而为转捩，不可松，又不可板。有推开一层转者，如唐人《江村即事》一绝云：

> 钓罢归来不系船，起。江村月落正堪眠。承。纵然一夜风吹去，转。只在芦花浅水边。

其起、承两句，谓船不系而堪眠。使有人问之曰：不系之船，倘于眠时为风吹去则如何？是问者之意，较眠者加一层矣。诗乃更推开一层，转曰"纵然一夜风吹去"，"纵然"两字，有未必如此或竟如此之意，又有或竟如此，亦不过如此之意，是能顾到上文"不系船""正堪眠"二句，及下文之只在水边一句。灵而不松，活而不板。此为推开一层转法。

有进一层转者，例如唐人《山房即事》一首：

> 梁园日暮乱栖鸦，起。极目萧条三两家。承。庭树不知人去尽，转。春来还发旧时花。

说到"极目萧条三两家"之后，似已不能再下转语矣，乃忽归咎于庭树之无知。夫庭树本为植物，岂能有知？但上文既言极目萧条，则转处当不可再说萧条。于是，于萧条中转到庭树，使情景愈益萧条。此所谓进一层转法也。

有反转者，例如唐人《春思》一首：

草色青青柳色黄，起。桃花历乱李花香。承。东风不为吹愁去，转。春日偏能惹恨长。

起承处说有花草，有桃柳，有色有香，何等乐趣！转句乃忽言有愁，是全反乎上文矣。此所谓反转法也。

　　既言起承转矣，而诗之合法又何如？

　　律诗之第七、第八两联为落句，犹绝之第四句。结束全诗，俾有下落。例如唐人《闺怨》一首：

　　闺中少妇不知愁，起。春日凝妆上翠楼。承。忽见陌头杨柳色，转。悔教夫婿觅封侯。合。

题为《闺怨》。问"何以怨"？曰"夫婿远别也"。"何事远别"？曰"觅封侯也"。"何以觅封侯"？曰"教之也"。"既教之，又何必怨"？曰"悔之矣"。故"悔教夫婿觅封侯"七字，是为"闺怨"之根。诗之合处，即求题目中之根而揭出之，使全诗都有归宿。此之为合法。

　　起承转合，上既分别言之矣。兹复总举其例，而引简单之古诗以证之：

　　公无渡河，起句。公竟渡河？承句。渡河而死，转句。将奈公何？合句。

四言十六字，起承转合，了如指掌。学者能于此求之，思过半矣。又不仅一首中有起承转合，设一题而作十首，十首之数，必不能再增，亦不能再减，其次序亦有大局之起承转合，使十首贯串如一首。否则，安用十首为也？其法当于编第二集时，再详细言之。以上数章所列调平仄法、押韵法、换韵法以及起承转合法，学者当已明了。果能依此练习，则古今体诗之规模略具矣。

下卷

第十五章 诗之大纲

诗之大纲有三：

其一在说理。或曰：昔人论诗，以不涉理路，不落言筌[1]为上乘。宋人惟程、邵、朱诸子为诗好说理，在诗家谓之旁门。据此，则说理何以为诗之纲要乎？不知说理云者，非必如宋儒高谈性命之学。凡理之属于事者曰事理，属于物者曰物理。事理、物理散之在六合，聚之在一心。吾人咏一事，咏一物，必于其事物之真相能曲尽而无遗，方不失之肤廓。此即所谓诗之说理也。

其一在言情。昔人有言，茫茫六合，无非是情。情固不专在家人父子，男女朋友，社会之交也，凡一花一草，一山一水，及一切接触于目前者，皆与我有密切之感情。感情既起，人与人或可以交言，人与物则势有所不能，不能则何有于情？曰：借以自写其情而已。非然，则对于花草山水哓哓言情，天下必无如此之痴人。况乎同心倩女，岂尽能枕上离魂；张镒幼女名倩娘

---

[1] 筌　底本作"诠"。《历代诗话·沧浪诗话》（P.688）曰："所谓不涉理路不落言筌者上也。"据改。

离魂嫁王宙事，见陈玄祐《离魂记》。千里良朋，未必皆梦中识路。《韩非子》："高惠与张敏交最契，惠往往于梦中往寻敏。"彼此暌隔，情意至深，独坐幽思，非诗莫慰。聊托歌咏以舒其情者，又往往有之。不宁惟是，唐人诗曰："前不见古人，后不见来者。念天地之悠悠，独怆然而涕下。"是知人情于往古来今不能并世而生者，尚且发无穷之感喟，一一寄之于诗。则所谓诗以言情者，不于此而益见哉！

其一在写景。吾人于所经历之地，苟爱其风景，则必倩画工以绘之，或影片以摄之。但有时气象万千，非画工、影片所能举事，如"黄河之水天上来，奔流到海不复回"，又如"天外黑风吹海立，浙东飞雨过江来"等类。吾知能绘摄其一节者，决难得其全神。诗则非但能得其全神，且能使其生动。即如"花香鸟语"四字，无论为绘画，为摄影，不过花鸟而已；而花之香，鸟之语，纵有鬼斧神工，不能于画中形状焉。惟诗则能之。如曰"花有清香月有阴"，则不但写其香，且写其香之清也；如曰"春至鸟能言"，则不独写其言，且写其感时之能也。故诗者，写景之妙具。前人谓"摩诘有诗皆入画"，观此而益信矣。

是以说理、言情、写景三者，为诗之大纲。大纲中又可分为二：其一为体，其一为用。用则上文所说者是也。其体如何，今再论之如下：

所谓体者，即《诗》之六义也。何谓六义？曰风，曰雅，曰颂,曰赋,曰比,曰兴。

风者,列国里巷歌谣之作,所谓男女相与咏歌,各言其情者也。主于乐不淫,哀不伤,言者无罪,闻者足戒。

雅者,朝廷之事,公卿大人之诗也。主于善则劝,过则规,忠厚恻怛,使人竦然而动听。

颂者,宗庙之诗,用以飨祀鬼神者也。主于扬盛德,达诚敬,使人闻之,肃然而恭,穆然而思。

赋者,敷陈其事而直言之者也。例如"一枝梅破腊,万象渐回春",言梅花破腊,春意渐回,就事言事,明明白白。凡类乎此者,皆为赋体。

比者,以彼物比此物也。例如《咏梅花》诗曰:"雪满山中高士卧,月明林下美人来。"以高士、美人形容梅花。凡类乎此者,皆为比体。

兴者,先言他物,以引起所咏之词也。例如《诗经》:"桃之夭夭,灼灼其华。之子于归,宜其室家。"以美色之桃,兴起及时行嫁之女。凡类乎此者,皆为兴体。

赋比兴三义既明,可推知赋而兼比者,为于敷陈其事中更作比方之词,例如《古诗十九首》之第一首,既曰"道路阻且长,会面安可知",下文即以胡马、越鸟为比是也。比而兼兴者,为于比方之中,兼有引起之例,例如《十九首》之第二首,将以娼女、荡妇相比,先以河畔草、园中柳为引起是也。赋而兴又比者,则为三义俱备,例如唐人《咏汉武帝思李夫人》一首,首句"惆怅朱颜不复归"为赋体,次句"晚秋黄叶满天飞"为兴体,其三四两句"迎风细荇""隔水残霞"等字,则为比体是也。

第十六章
学诗有数忌

沈休文_{梁沈约,字休文。}所列之八病,如平头、上尾、蜂[1]腰、鹤膝、大韵、小韵、正纽、旁纽等,于声律一道,辨晰毫厘,但制为《声调谱》则可,谓初学必以此为准绳,则未必然也。盖初学讲此,则拘束极矣,天机安能活泼乎?渔洋山人答刘大勤曰:"蜂腰、鹤膝、双声、叠韵之类,一时记不能全,须检书乃可条答。"可知大家亦不重此,兹故不论。论其不可不忌者有五:一曰格弱,二曰字俗,三曰才浮,四曰理短,五曰意杂。

诗贵格局严整,如律诗八句,句句无懈可击,则格局自紧,否则为格弱;下字须有来历,并须典雅,否则为字俗;诗贵含意不尽,藏才不露,否则为才浮;诗贵理由充足,不可牵强,否则为理短;诗意欲如连珠贯串,一丝到底,否则为意杂。

但以上五忌,尚就诗之大概言之。兹更分言之如下:

(一)绝诗。绝诗有四忌,曰:可加可减,可多可少,可彼可此,可上可下。所谓可加减者,如五言可加两字成七绝,七

---

[1] 蜂　底本误作"峰",据《文镜秘府论》(P.179)改。

言可减两字成五绝也；可多少者，一意分为四句，四句只是一句也；可彼此者，咏梅花之诗可以移咏桃花，咏山水之诗可以移咏风月也；可上下者，如第一句"仄仄平平仄仄平"与第四句"仄仄平平仄仄平"两句，本同一声调，意义倘无次序，则第一句与第四句，上下可以互易也。

（二）律诗。律诗亦有四忌，曰：不工，不贯，不自然，不典雅。盖律诗重对偶，与绝诗不同，故有不工之忌；律诗八句，苟非一意相生，则与两两相凑者无异，故有不贯之忌；律诗虽重对偶，然勉强配合，必多生凑，故有不自然之忌；古诗可白描，律诗则如文之骈体，妃青俪白，较尚词华，故有不典雅之忌。

（三）琢句。琢句之病，有原于命意不佳者，有由于下字不工者，固非可以概论。然欲略言之，亦有数端。一忌刻画太过，如前人有诗曰："云中鸡犬刘安过，月下笙歌炀帝归。"如此刻画，人皆以为见鬼之诗。一忌选词不新，如"迎眸""屈指""遥看""好将""从教"等字，摇笔即来，则虽有好句，亦味同嚼蜡矣。一忌诗料不多。诗料与词料不同，词料与文料不同。填词而用文典，则词意难新；作诗而用词料，则诗句易佻。故在平时多读多看，则临时可免枯窘之患。

（四）用字。用字，又曰下字。但前五忌中，有曰"下字忌俗"者，不仅指单字而言。此则仅指单字而言，如弈者之下棋，不可有死著与闲著，亦不可有错著与松著。例如"偶坐为林泉"

句，若曰"此坐为林泉"，则"此"字说煞矣，是谓"死"，宜忌者一。又如"欲将轻骑逐"一句，若曰"好将轻骑逐"，则所欲之意既未达，而"好"字之用又出于无谓也，是谓"闲"，宜忌者二。又如欧阳修曾作"画舫之舟"一句，夫舫即舟之谓，字义重沓，当时偶不经意，故有此小疵，是谓"错"，宜忌者三。又如"僧敲月下门"一句，若改"敲"字为"推"字，则句较平庸，是谓"松"，宜忌者四。

此外，尚有二大戒：一曰剽窃，二曰鄙俚。

文必己出，况诗者，所以抒写人之性情，字字须从心坎中流出。若剽窃他人之诗，则不如不作之为愈也。故前人于此戒极严，凡诗句有数字脱胎于人，即为剽窃。释皎然_{唐时诗僧，名皎然。}曰："诗有三偷：偷势为上，偷意次之，偷语为钝贼。"按：偷势者，才巧意精，各无朕迹；偷意者，事虽可罔，情不可原。但偷势、偷意，非初学所能效尤，惟偷语为最易犯。如傅长虞_{晋傅咸，字长虞。}"日月光太清"，陈后主"日月光天德"是也；又如龚定庵有"此去东山又北山"句，近人某集中亦有此句，不易一字是也；至颜持约所题墨杏小诗，则竟全首剽窃矣。_{见《渔隐丛话》。}今之将题就我者，往往蹈此陋习。平日读一佳句，爱不能忘，无论何时，欲将此句试用。试用而不能运化，势必生吞活剥，与题意毫不关涉，乌得谓之吟诗乎？且剽窃既成习惯，则凡一题到手，心已外驰，性灵汨没，兴趣索然，而惟于故纸堆中讨生活。吾可决其终身无进境也，故为初学所当戒。

前五忌中,言"下字忌俗",是仅谓字句之间稍带粗俗,非指全体言也。然亦有善用俗字者,如"个",俗字也,而杜诗云"峡口惊猿闻一个""两个黄鹂鸣翠柳";"吃",俗字也,而杜诗云"楼头吃酒楼下卧""梅熟许同朱老吃",令人读之,只觉其佳而不嫌其俗,是在善用之耳。若夫全体鄙俚,无一字不俗者,自非诗之正体。在前人不过以游戏出之,所谓打油诗是也。按:唐人张打油咏雪诗云:"江上一笼统,井上黑窟窿。黄狗身上白,白狗身上肿。"鄙俚之词,足供一噱,故谓诗之俚者曰打油诗。然此体诗亦颇有滑稽可喜者,如咏婢云"梳头娘子嫌汤冷,上学书生骂饭迟";咏近视眼云"因看画壁磨穿鼻,为锁书箱夹断眉"等句,虽形容过甚,要非能手不办;又如近人咏留学生诗云"一团茅草乱蓬蓬,不是西来不是东。我道是谁真失敬,原来中国主人翁";咏女学生诗云"一条辫子直长拖,不着绫绸不着罗。我道是谁真失敬,原来中国主人婆",词虽鄙俚而意含讽刺,初学每喜诵之。然喜诵者必喜学,学之恐入油滑一路,亦初学所当戒也。

第十七章 诗之取材

渔洋山人曰:"为诗须博极群书,如十三经,廿一史,次及唐宋小说,皆不可不看。所谓取材于《选》,取法于唐者,未尽善也。"然此语高深,不便为初学告。今姑取关于诗学所必需之材料,次第言之:

原夫《康衢》《列子》:"帝治天下五十年,微服游于康衢。闻童谣云:'立我烝民,莫非尔极。不识不知,顺帝之则。'"《击壤》,《帝王世纪》:"帝尧之世,天下太和,有老人击壤而歌。"肇开声诗,《卿云》《尚书大传》:"舜将禅禹,于是俊乂百工相和而歌《卿云》。《南风》,《家语》:"舜弹五弦之琴,歌《南风》之诗。"已基诗学,神禹铸鼎禹铸九鼎,备载九州之物,其上有繇词。有作,玉牒夏禹《玉牒辞》曰:"祝融司方发其英,沐日浴月百宝生。"有辞,岂必玄鸟发祥,《诗·商颂》:"天命玄鸟,降而生商。"又曰:"浚哲维商,长发其祥。"始足以称篇什哉?顾穷诗之源,应溯夏商以上;若论取材美备,自以《葩经》即《诗经》。为先。《葩经》三百篇,六义陈其体,四始《风》《大雅》《小雅》《颂》为四始。正其名。风有正变,雅有大小,颂有商周。论其大义则为经,采风则为史,博物则为志,雅声则为乐。且有郊庙之礼,戎兵之制,朝会之典,宴飨之仪。

其言礼之词严，言制之词肃，于典则博，于仪则雍，如入宝山，无美不备。资材宏富，可为万古所取法焉。

继《葩经》而起者，则有《离骚》。风骚之名，世故连举。骚体始于屈子，楚屈原。大抵古茂渊懿，意致缠绵。读其《九歌》之作，句法或长或短，古光黝然，后世名流，殆莫与并。盖忠臣忧愤，名士郁伊，孤孽忧思，一摅苑结，故曰："《离骚》者，《离忧》也。"或谓《离骚》体例，《羑里》纣囚西伯于羑里，西伯援琴而歌。后韩昌黎有《羑里操》一首。实开其端。所谓"臣罪当诛兮，天王圣明"，其说允否，姑不具论。要之，屈骚得风之变，其渊源有自，哀痛迫切，既不减于《小弁》；音盘。《诗·小雅》篇名。而凄悒幽怨，亦无异于《凯风》《诗·卫风》篇名。也。故欲取诗材于《小雅》，道废之后，则《离骚》实居其先。

风骚而后，厥数汉诗。如韦孟讽谏《汉书》："孟为元王傅。传子夷王及孙王戊。戊荒淫不道，作诗讽谏。之作，质朴典奥，气息浑古，实欲追踪二雅，仰绍前休。他如《房中歌》《郊祀歌》二首，一出于唐山夫人，汉高帝姬。韦昭曰：唐山，姓也。作《安世房中歌》。一出于司马相如，汉武帝时，奉勅撰《郊祀歌》。奉勅撰定，其谋篇命意及句法之历落，皆古气扑人，实从屈子《九歌》变化而出。《文选》所取汉诗，自当以《讽谏》《房中》《郊祀》诸首为诸作弁冕。虽唐代以诗著名，而所作郊庙乐章，皆平浅不能与抗，故欲取材于汉诗之杰出者，自必以韦、唐、司马诸人为巨擘也。

炎刘以降，尚去古未远，故魏晋诗体，虽不能核以风雅，然精峭刻挚，实非六朝以下所得与京。如魏武帝之《龟虽寿》，文帝之《善哉行》《短歌行》，曹植武帝子，字子建。之《朔风诗》《箜篌引》，王粲之《赠蔡睦诗》，陈琳之《饮马长城窟行》，皆其最著者也。魏代词人，曹氏居其三，可谓一门风雅矣。然子建尤为特出，其诗如五色相宣，八音朗畅，有才不矜，学博不逞。故苏李苏武、李陵。以下，推为大家。馀子如仲宣、即王粲字。公干，刘桢，字公干。所谓建安建安，汉献帝年号七子者，未可与抗也。晋则潘岳《关中诗》，刘琨《答卢湛诗》，束皙补《南陔》《白华》《华黍》《由庚》《崇邱》《由仪》六章，及张华《励志诗》，嵇叔夜《杂诗》，左太冲《咏史诗》，皆足为后学津梁，称一朝名作。他如陆机、陆云，虽亦同为大家，然力不足以逞其才，故好为排偶。潘、陆并称，不无轩轾。至于陶渊明，无意为诗，而冰雪聪明，每多性灵之作，斯诣尤不可及。典午《蜀志》："典午者，司马也。"晋姓司马，故云。一代诗之可取者，不胜枚举，仅言其最著者已如此。此魏晋诗材之大略也。

魏晋四言，似不足继风骚汉时之轨，适足开六朝词胜之风。六朝词华绮丽，去古时质朴已远，故学六朝体者，易于柔靡。盖致力于词采，而意气或未足也。然六朝有六朝佳处，兹分别论之：

（一）宋诗。诗至于宋，体制渐变，声色大开，如谢瞻《戏马台》一诗，为一时杰构；鲍照《东门行》一首，更远轶机云；陆凯《寄梅》一诗，《古诗源》注："陆凯与范晔善。自江南寄梅一枝与晔，并赠诗。"沈庆之《侍宴》一篇，孝武帝令群臣赋诗。沈庆之不能书，乃口授颜师伯，一座称美。词意之美，皆盛称当时。然而明远鲍照，字明远。乐府，尤为特长，后世如太白之才，且每效之，其五古比之颜延年谢康乐，其高远上追二曹，曹操、曹植。延年声价虽高，以雕镂太甚，未足与并。故论诗于宋，自以鲍照为第一也。

（二）齐诗。齐人寥寥，谢朓独有一代。读其《玉阶怨》一首，虽置之唐人绝句中，不失为最上者，故元长以下，无能为役矣。

（三）梁诗。梁诗风格日卑，竞尚辞藻。当时可推为大家者，惟沈约差无愧色，以其篇幅尚阔，辞气尚厚，能存古诗一脉也。读其《临高台》《夜夜曲》诸首，已可概见。他如江文通之矞丽，何仲言之修饰，虽风骨未高，然皆自成一家，足为萧梁之选。

（四）陈诗。陈诗视梁，风格愈降。《见山楼诗选》即沈归愚所选之《古诗源》也。所谓"陈诗专求名句，差强人意也"。然徐陵《出自蓟北门行》，其音调实开唐人七律之例。苟欲取之，止此而已。

（五）北魏诗。北魏诗人，时见风骨，不专在词句之末，且富有悲感之论。如刘昶之《断句》，《南史》："昶兵败奔魏，在道慷慨赋此。"寥寥二十字，悲歌慷慨，卓绝一时。又如宫人《咸阳王之歌》，《北史》："后魏咸阳王禧谋逆伏诛，宫人为之歌。"苍凉凄惋，闻者泣下，当时流于江表，谱之管弦，其价值可想见矣。

（六）北齐、北周诗。北齐如萧悫《上之回》一首，声律俱佳；颜之推《古意》一首，古质可诵。北周诗人，则当以庾信为一时泰斗，盖子山于琢句中复饶清雅，故能拔于流俗，鹤立鸡群矣。

六朝诗材之可取者，既如上述。至于隋之为诗，将脱六朝而入于唐，确似风气转捩之候。读杨素字处道《山斋独坐诗》，及无名氏《送别》诸作，悲壮清寥，绸缪缱绻，皆各极其长。惜乎为时特暂，独让能诗之名于唐代焉。

唐承陈隋，多遵徐徐陵庾庾信。张九龄、苏廷硕、张道济等，均以风雅为尚。即如卢升之、王子安、刘希夷、王昌龄辈，亦以久习之故，未能遽改六朝之旧。独陈伯玉专师汉魏，胜诸子多矣。开元、天宝唐玄宗年号。中，杜子美崛起，上薄《葩经》，下开宋元，为诗中集成之圣。并时而作者，又有李太白，远宗风骚。兹二子者，实为李唐泰斗。至岑参、高达夫、刘长卿、孟浩然、元次山之属，咸以兴寄相高，取法建安，几与韦应物可以并驾。元和宪宗年号。间，韩韩愈柳柳宗元继兴。韩初效建安，后自成家。柳斟酌陶渊明谢灵运之间，应物后殆无其匹。他如贾阆仙之清练，刘梦得之醇淡，杜牧之之堂皇华赡，孟东野之瘦硬通神，李义山变浩博为绮丽，温飞卿藏清脱于繁缛，均守师承，各遵家法。虽有偏胜，未可厚非。惟至韩致光、杜荀鹤、段成式辈，专夸靡曼，则诗之变极矣。此唐代诗材之大略也。

宋划五代旧习，诗有长庆体、白居易体，即元和体。西昆体李商隐体之别。至欧阳公出，痛矫西昆，一变而为李太白、韩昌黎之诗。苏子美、黄双井出，一变而为杜少陵之诗。迨夫吕居仁继起，先学陈后山，后学黄双井，立为西江派之说，吕居仁作《西江诗派图》。天下诗人皆北面矣。南渡后，以陈简斋、曾文清为巨擘。乾淳间，以尤延之、范成大、杨诚斋、陆放翁、萧大山诸子为最盛。自嘉定宋宁宗年号。而降，晚唐体又复盛行，遂接元初纤艳一派。此宋代诗材之大略也。

金元之际，诗以遗山为最。馀如虞伯生、范亨父、杨仲宏、揭傒斯四家，诗品亦多可取。此外，则大概近纤矣。明初承元遗习，稍尚词华。其能独标骨干，规仿韩杜者，则有刘伯温；出入于汉魏六朝、唐宋诸家者，则有高季迪。永乐以后，力矫台阁体之陋习者，则有李东阳及前后七子。其季浸淫盛唐，独开风气者，则有顾亭林、陈卧子诸子。此取材于元明两朝之大略也。

前清诗学之最著者，则有钱牧斋、吴梅村、王阮亭、彭羡门、施愚山、周兰坡、宋荔裳、赵秋谷、查初白、厉樊榭、严海珊、张船山、袁子才、蒋心馀、赵瓯北、吴谷人诸大家。乾嘉以后，稍稍中衰。咸同间，曾涤生、吴南屏始力复古。同光以来，则宋诗大盛。独湖南王氏壬秋，为骚选、盛唐如故。其选择之最富者，则有沈德潜《国朝诗别裁》及孙思郑所辑《道咸同光四朝诗史》。大约清诗颇尚骨格，能刊浮华，故近体诗时有逼近宋元作者。此清代诗材之崖略也。

自周秦至今二千馀年,代有名作,卷帙繁重,汗牛充栋,学者讵能悉备?当就以上所述者,略备十馀种,或选读,或熟玩,则取材不患其不富矣。

第十八章
诗之读法

谚有之曰："熟读唐诗三百首，不会吟诗也会吟。"语虽粗浅，实是不二法门。盖徒作无益也，熟能生巧，全在多读。不独作诗，作文亦然耳。虽然，读亦有法焉。杜诗云："读书破万卷，下笔如有神。"此"破"字，谓能剖析其义，头头是道，不仅烂熟于胸也。世有囫囵吞枣，食而不化者，书簏之讥，<small>晋傅迪、唐李善，皆博极群书，然一则不解其义，一则不能属词，人皆称为书簏</small>。在所不免。虽多，亦奚以为？故读法不可不研究焉。

陈绎曾《诗谱》曰："凡读汉诗，先真实，后文华。凡读建安诗，<small>谓曹子建父子及邺中七子之诗</small>。于文华中取真实。凡读《文选》诗，分三节：东京<small>东汉</small>以上主情，建安以下主意，三谢<small>谢灵运、谢惠连、谢玄晖</small>。以下主辞。齐梁诸家，五言未成律体，七言乃多古制。汉乐府真情自然，但不能中节合度。"按：此皆读诗者所当知也。

虽然，此论见解既高，而措语亦嫌简单，不足以备初学之取法。今当示以浅近之法如下：

凡读诗，必先领解其义。义分数种：一、通篇之大旨；二、起承转合逐段之义；三、单句之义；四、只字之义。

通篇之大旨者，即作此诗之原因也。例如《古诗十九首》中《行行重行行》一篇，其大旨谓贤臣被谗见逐，而犹思念故君不置也。篇中"浮云蔽白日，游子不顾反。思君令人老，岁月忽已晚"四句，是揭出宗旨，言邪臣之害贤，犹浮云之蔽日，但游子虽不思返，而思念故君，令人易老，不觉忽忽已暮年矣。怨而不怒，得诗人温厚之旨。又如《西北有高楼》一篇，其大旨谓高才之人仕宦未达，知己者稀也。篇中"一弹再三叹，慷慨有余哀。不惜歌者苦，但伤知音稀"四句，是揭明宗旨，盖以曲之高比才之高，"一弹再三叹"，在慷慨之壮士，只写其不得志之隐衷，但歌者虽不自惜其苦，而知音之少，终觉可哀。哀而不伤，是亦《国风》之遗。以上二篇之大旨已明，学者可准此类推已。

起承转合逐段之义者，谓起有起义，承有承义，转有转义，合有合义也。渔洋山人云："勿论古文、今文，古体诗、今体诗，皆离此四字不可。"惟律诗、绝诗之起承转合容易明白，古诗则长短不定，其为叙事体者，尤浑融无迹。例如邱为《寻西山隐者不遇》诗，自上山至下山，逐渐说来，起承转合，似无迹可指，其实了然。首四句云："绝顶一茅茨，直上三十里。扣关无僮仆，窥室惟案几。"此总起法。茅屋在绝顶上，约计三十里之高。既登绝顶，而扣其关，则无僮仆，窥其室，惟见案几。是一起，已从"寻"字说到"不遇"矣。次云："若非巾柴车，应是钓秋水。差池不相见,黾勉空仰止。"此承上不遇,来想到隐者之所有事:非采柴,巾柴车。谓以巾饰柴车也。即钓鱼。所以我来彼往,如燕羽之飞,差池不能相见。徒令我黾勉踌躇,在此空怀仰止而已。次云:"草色新雨中,松声晚窗里。及兹契幽绝,自足荡心耳。虽无宾主意,颇得清净理。"此一转,亦似绝处逢生。盖谓见草色,闻松声,契此幽绝之境,自足荡涤我之心耳。故虽无宾主之意,颇得清净之理,不遇隐者亦无妨也。末云:"兴尽方下山,何必待之子。"一结即晋王子猷访戴安道"乘兴而来,兴尽而返"之意。"下山"二字与"直上"遥应,之子,指隐者。"何必待"者,以足上两句意也。如此逐段分解,则起承转合四义自明。学者得一诗,苟能悉心体会,何难迎刃以解耶?

　　单句之义者,以诗之句法与文略异,有时不能以常解解之也。故有骤读之其义似不通者,实则诗之所以佳处,恰正在此处。例如王维《汉江临眺》有句云"江流天地外",夫天地之间,无所不包,江流虽远,岂能出天地之外?似说不通矣。不知远望时,见天地皆有尽头,而江流独无边际,宛在天地之外。此正形容江之阔大到出色处也。又如王安石《书壁》诗有句云"两山排闼送青来",夫闼者,我之闼也,山何以能排我闼?青者,山之青也,山何能自送青来?不知原意是开门见山。若老实说出,句便平庸,必如此说,方能动目,是不通之通,乃真通矣。不仅此也,句法有颠倒错乱,而愈见其佳者。例如杜甫《秋兴》诗有句云:"香稻啄馀鹦鹉粒,碧梧栖老凤凰枝。"初学读之，似不易解。其实原意是"鹦鹉啄馀香稻粒，凤凰栖老碧梧枝"也。如此便易解，而句亦平庸。今偏颠倒用之，句法始遒峭，是即文法中"漱石枕流"之类耳。学者能于此等处求之，则会心不远矣。

只字之义者，以句之优劣，全视此一字用之确当与否也。例如孟浩然《洞庭湖》诗"气蒸云梦泽"之"蒸"字，"波撼岳阳城"之"撼"字。蒸，上升也，水气上升，化为云梦之泽。撼，振动也，波浪冲激，振动岳阳之城。则洞庭湖之水势可知矣。字义的当，如精铁铸成，不可移易。又如杜荀鹤《春宫怨》诗"风暖鸟声碎"之"碎"字，"日高花影重"之"重"字。惟风暖，故鸟声多，多则碎；惟日高，故花影交映，交映则重叠。且鸟声碎以喻谗言之烦碎，花影重以喻宫人之艳妆不一。二字不但贴切，且能双关。讵复能以他字易之耶？梁刘彦和云："富于万篇，贫于一字。"只字之义，关系如此。学者慎毋忽诸。

以上所列解诗之法，皆为读诗之要件。何以言之？盖唱歌者明歌意，奏曲者审曲情，则抑扬顿挫，自然合拍。故初学于诵诗之时，苟能于诗之大旨及起承转合逐段之义、单句之义、只字之义，一一体会入微，则心口相应，不独音节合度，凡气之长短与声之高下皆宜，而兴趣亦勃发矣。

兹更取合读、分读、急读、缓读诸法言之。盖诗有全首一气浑成如一句者，例如李益《喜见外弟又言别》诗云："十年离乱后，长大一相逢。问姓惊初见，称名忆旧容。别来沧海事，语罢暮天钟。明日巴陵道，秋山又几重。"此诗一气相生，犹言十年离别，至长大偶一相逢。问姓称名，悲喜交集。遂谈别来沧海之事，絮絮不休，到语罢时，已闻暮天之钟。明日别去，巴陵道上，又隔几重山矣。词意连贯，绝无滞机。故八句可作一句读，是为合读。而起联与结联则尤宜急读也。又有两三联一气呵成如一句者，例如李白《夜泊牛渚怀古》诗云："牛渚西江夜，青天无片云。登舟望秋月，空忆谢将军。余亦能高咏，斯人不可闻。"此六句盖谓牛渚西江之夜，天无片云。登舟望月，忽忆袁宏遇谢尚故事。宏能咏，余亦能咏，其如谢尚之不可再得何！望古遥集，词意亦串成一线。又如李白《听蜀僧濬弹琴》诗云："蜀僧抱绿绮，西下峨嵋峰。为我一挥手，如听万壑松。"四句盖谓蜀僧抱琴绿绮，琴名。走下峨嵋山来，为我一弹，如听万壑松声。一气贯注，不可间断。此外如杜甫《月夜》之"遥怜小儿女，未解忆长安"，沈佺期《杂诗》之"可怜闺里月，长在汉家营"等联，虽属对偶，实则两句如一句。盖杜之所谓怜者，怜儿女之未解也；沈之所谓怜者，怜汉家营之长见闺里月也。意不可分，故当合读。总之，两三联如一句者，则两三联可作一句读；两句如一句者，则两句可作一句读。是皆合读之法也。惟合读之中，仍分缓急，不可一例。如"蜀僧抱绿绮"两句连读，第三句稍缓，第四句又急是也。

若夫分读、缓读之法，即如一篇之中，或起或承，或转或合。赏其一段或一联，甚至一句或一字，长言咏叹，以尽其神味是也。

第十八章　诗之读法

　　然犹有说焉。所谓合读、急读者，并非一气读完，不分句读之谓。盖当读诗之时，于其诗之理解及意境，既已默识心融，则声未至而神已往，自然应弦合节，欲罢不能矣。所谓分读、缓读者，并非隔绝上下，不顾全局之谓，不过于其凝练处略作停顿，以曼声出之是也。况乎反复熟玩，亦谓之读，非必高声朗诵之为读也。

　　诗之读法，虽不敢谓已尽于此，惟此则大要已具。初学所当亟知也。举一反三，是在善学者。

第十九章
变体与拗句

诗自风雅颂，一变而为骚，再变而为乐府、古风，三变而为近体、绝句，四变而为南北词曲。此诗体之变迁也。兹所论者，非诗之变迁，乃诗之变体。学者当细别焉。

昔渔洋先生谓李白之《远别离》《蜀道难》《乌夜啼》，杜甫之《新婚别》《哀江头》《兵车行》诸篇，皆乐府之变。然此固乐府之变，不得遽谓为诗之变体也。诗之变体若何，兹先言七律变体如下：

《渔隐丛话》绩溪胡仔撰。云：律诗之平仄，固有定体，众共守之。然不若偶用变体，如兵之出奇，变化无穷，可以惊世骇目。如老杜诗云：

竹里行厨洗玉盘，花边立马簇金鞍。非关使者征求急，自识将军礼数宽。百年地辟柴门迥，五月江深草阁寒。看弄渔舟移白日，老农何有罄交欢。

此七言律诗之变体也。盖以第二联与第三联之用字,平仄重复,俗所谓顺风调,故曰变体。又如韦应物诗之第一句"夹水苍山路向东"、第三句"寒树依微远天外",都是仄起,亦此类也。若夫绝句之变体,则如王维《赠别》诗云:

渭仄城平朝平雨仄浥仄轻平尘平,客仄舍仄青平青平柳仄色仄新平。劝仄君平更仄尽仄一仄杯平酒仄,西平出仄阳平关平无平故仄人平。

第一句平起,第三句又是平起,故为七言绝句之变体。《沧浪诗话》宋严羽撰。又谓之折腰体,为其中失黏而意不断也。他如韦苏州诗之第一句"南望青山满禁闱",第三句"共爱朝来何处雪",都是仄起,亦此类耳。

拗句者,平仄换字之谓。其法于当下平声字处,以仄声字易之;于当下仄声字处,以平声字易之,盖欲其气挺然不群耳。此法或谓之鲁直句法。盖于黄鲁直集中最多见之,如云"只今满坐且尊酒,后夜此堂空月明";又云"清谈落笔一万字,白眼举觞三百杯";又云"田中谁问不纳履,坐上适来何处蝇";又云"不肯低首拾卿相,又能落笔生云烟";又云"忽乘舟去值花雨,寄得书来应麦秋"。此类不胜枚举。昔人谓本无此体,独鲁直变之。然唐人集中,亦往往有此例。如李白《紫藤树》绝句曰:

柴藤〔挂〕〔云〕木,花蔓〔宜〕阳春。密叶〔隐〕歌鸟,香风〔留〕美人。

是全首皆拗句也。而《渔隐丛话》亦曰"此体本出于老杜",如"'一双白鱼不受钓,三寸黄柑犹自青''外江三峡且相接,斗酒新诗终日疏''负盐出井此溪女,打鼓发船何处郎''沙上草阁柳新暗,城边野池莲欲红',似此体甚多,聊[1]举此数联,非独鲁直变之也。"今俗谓之拗句者是也。论者或谓唐人诗中拗句,非有意为之,乃唐时初改律诗,作者尚不甚合格之故。然以李杜大家,而谓其作律诗有不甚合格处,是亦不能自圆其说也。

　　总之,变体者,谓一首中顺次两联之平仄重调也;拗句者,谓一句中之平仄换字也。皆为律诗之变格。在初学不可不知,而又不可轻学。盖变体与拗句,非工于诗者,不能及耳。未至其境,而强学之,则求工而反拙。是篇之作,乃预为学者他日进境地也。

---

[1] 聊　底本误作"联",据《诗人玉屑》(P.35)改。

学词初步

编辑大意

　　本书为初学填词者指示门径，不尚深高，专就浅近立说，学者得此，极易领悟。

　　本书教人学词，先分讲句法，次合讲作法，依序递进，无躐等之弊。

　　本书对于词之押韵、换韵，不嫌繁琐，附以举例，务使学者读后，瞭然无落韵失腔之失。

　　本书于调名之由来，词体之辨别，均详加讲解，足为初学先导。

　　本书鉴于坊间出版之词谱芜杂舛谬，不便初学，特另选佳词若干首，注明平仄用韵之处，以供模楷。

　　绍先识。

总论

词者，乐府之别派也。古无所谓词，唐人李白之《忆秦娥》《菩萨蛮》，实其滥觞。试举如下：

忆秦娥

箫声咽，秦娥梦断秦楼月。秦楼月。年年柳色，灞陵伤别。　　乐游原上清秋节。咸阳古道音尘绝。音尘绝。西风残照，汉家陵阙。

菩萨蛮

平林漠漠烟如织。寒山一带伤心碧。暝色入高楼。有人楼上愁。　　玉阶空伫立。宿鸟归飞急。何处是归程。长亭更短亭。

盖汉之乐府，至南朝一变而为长短句，至唐再变而为词。

惟唐时作者尚少，至宋始大盛，朝野上下，莫不各制新腔，争相酬唱。此后传之勿替，迄于今兹，词遂与诗并为美术之文矣。

古人作词，依管弦之声，填以文字，故词皆合乐。今人因词谱失传，但照昔人旧作，按字填缀，不知宫商为何物，而板刻又多舛误，于是词乃专为文人吟咏之作，而多不可歌。

学词之程序

词曰诗馀，故必学诗已成，方能从事学词。盖不学诗而学词，犹不步而趋也。读者如不爱诗，则亦不妨单独学词，但平仄总不能不讲。可购本局出版之《学诗入门》，其中载有练习四声法，先自学习，然后读此。

初学作词，第一步当注重读功。读时先看调名，次看平仄用韵之处，次看通首之意如何起，如何承，如何转，如何合，久而久之，自然进步。

读词既多，便可着手学做。先自拈一题，或写景，或写情，不必限定；次选一简短之词调，逐字填之，填毕诵读一过，如有不妥之字句，随加修改；三四星期后，再填较长之词调。若不间断，必有可观。

或曰：学词较难于学诗。其实不然。诗句有一定之平仄，其字数或五言一句，或七言一句，均不能随意增减。有时吾人作诗，有若干意思为字数所限，须加剪裁，颇费苦心。词则字句之长短，适如语言，可无此难，故谓词难于诗，似非确论。

句法之研究

词之句法，长短不一，有一字句、二字句、三字句、四字句、五字句、六字句、七字句七种。一字句如《十六字令》第一句"天"是也；二字句如《南乡子》第四句"眉尖"是也；三字句如《忆江南》第一句"多少恨"，《长相思》第一、二句"汴水流，泗水流"是也；四字句如《点绛唇》第一句"一夜东风"，《调笑令》第一句"团扇团扇"是也；五字句如《忆江南》第二句"昨夜梦魂中"，《菩萨蛮》后阕第一句"玉阶空伫立"是也；六字句如《相见欢》第一句"无言独上西楼"，《调笑令》"谁复商量管弦"是也；七字句如《忆江南》第三句"还似旧时游上苑"，《捣练子》第三句"断续寒砧断续风"是也。此外尚有八字、九字、十字三种句法，八字句如《沁园春》后阕第三句"又岂料而今馀此身"，九字句如《江城梅花引》第六句"唯有床前银烛照啼痕"，十字句如《绮罗香》后阕第四句"漫倚新声不入洛阳花谱"。又如《水调歌》前阕第六句"又恐琼楼玉宇高处不胜寒"，则为十一字句，上六下五，一气呵成，惟普通多分作两句读耳。

对偶举例

做律诗，第二联与第三联必讲对仗，间有第一联或第四联对者，则为例外，词中逢双处，亦讲对仗，初学所宜注意。兹举例于下：

三字对以平仄仄对仄平平，或平平仄对仄仄平，最为普通，如《捣练子》云：

> 深院静，小庭空。断续寒砧断续风。无奈夜长人不寐，数声和月到帘栊。（李后主）

其第一、二句是也。

四字对大抵用仄仄平平对平平仄仄，或平平仄仄对仄仄平平，如《绮罗香》前半阕云：

> 万里飞霜，千山落木，寒艳不招春妒。枫冷吴江，独客又吟愁句。正船舣流水孤村，似花绕斜阳芳树。甚荒沟一片凄凉，载情不去载愁去。（张炎）

其第一、二句是也。

五字对多以仄仄平平仄对平平仄仄平，如《一片子》云：

　　柳色青山映，梨花雪鸟藏。绿窗桃李下，闲坐叹春芳。（失名）

其第一、二句是也。又如《南歌子》云：

　　腻颈凝酥白，轻衫淡粉红。碧油凉气透帘栊，指点庭花低映、云母屏风。　　恨逐瑶琴写，书劳玉指封。等闲赢得瘦仪容。何事不教云雨、略下巫峰。（周邦彦）

其前后阕第一、二句均是也。

六字对大都以仄起仄收对平起平收，如《西江月》云：

　　点点楼前细雨，重重江外平湖。当年戏马会东徐，今日凄凉南浦。　　莫恨黄花未吐，且教红粉相扶。酒阑不必看茱萸，俯仰人间今古。（苏轼）

其前后阕第一、二句均是也。亦有仄起仄收对仄起仄收者，如《如梦令》云：

莺嘴啄花红溜。燕尾点波绿绉。指冷玉笙寒,吹彻小梅春透。依旧。依旧。人与绿杨俱瘦。(秦观)

其第一、二句是也。

七字对与用于七言律诗中者,无甚分别,如《摊破浣溪沙》云:

相恨相思一个人。柳眉桃脸自然春。别离情思,寂寞向谁论。 映地残霞红照水,断魂芳草碧连云。水边楼上,回首倚黄昏。(失名)

其后半阕第一、二句是也。

然词中五六七字对句甚少,三四字对者甚多,试举若干,以便练习:

三字对:

烟漠漠　雨凄凄

花蔽膝　玉搔头

波渺渺　柳依依

云髻坠　凤钗垂

倚兰桡　垂玉佩

思往事　惜流光

霜幄冷　月华明
纱窗暖　画屏闲
萍叶软　杏花明
疏雨洗　细风吹
语已多　情未了
莲叶雨　蕉花风

四字对：

小雨分山　断云笼口
暗雨敲花　柔风过柳
绿荚擎霜　黄花招雨
霜杵敲寒　风灯摇梦
虚阁笼云　小帘通月
蝉碧勾花　雁红攒月
落叶霞飘　败窗风咽
风泊波惊　露零秋冷
花匝幺弦　象奁双陆
珠魇花舆　翠翻莲额
汗粉难融　袖香新窃
种石生云　移花带月

第十九章　对偶举例

断浦沈云　空山挂雨
画里移舟　诗边就梦
观冻凝花　香寒散雾

词之作法

吾人作词,要不外乎写景与写情两种。写景之词,实为词家之绘画,全赖点染,方不呆板。试举其例:

锦缠道·春游　宋祁

燕子呢喃,景色乍长春昼。睹园林、万花如绣。海棠经雨燕脂透。柳展宫眉,翠拂行人首。　向郊原踏青,恣歌携手。醉醺醺、尚寻芳酒。问牧童、遥指孤村道:"杏花深处,那里人家有。"

离亭燕·怀古　张昇

一带江山如画。风物向秋潇洒。水浸碧天何处断,霁色冷光相射。蓼屿荻花洲,掩映竹篱茅舍。　云际客帆高挂。烟外酒帘低亚。多少六朝兴废事,尽入渔樵闲话。怅望倚层楼,寒日无言西下。

观于上举之词，无异两幅画图，其工致细密之处，且有为画工所不能到者。写情之词，贵于婉转，但欲婉转，语必层深。试举其例：

蝶恋花　欧阳修

庭院浅深深几许？杨柳堆烟，帘幕无重数。玉勒雕鞍游冶处，楼高不见章台路。　雨横风狂三月暮，门掩黄昏，无计留春住。泪眼问花花不语，乱红飞过秋千去。

末二句因花而有泪，是一层意；因泪而问花，是一层意；花竟不语，是一层意；不但不语，且又乱落飞过秋千去，是一层意；人愈伤心，花愈恼人，语愈浅，而意愈入，盖写情之佳什也。至于咏物，不可专写其形状，直以烘托之法取胜，《诗品》所谓"离形得似，识之愈真"是也。试举其例：

潇湘夜雨·灯花　赵长卿

斜点银缸，高擎莲炬，夜深不耐微风。重重帘幕掩堂中[1]。香渐[2]远、长烟袅穗，光不定、寒影摇红。偏奇处，当

---

[1] 掩　底本作"卷"，据《全宋词》（P.1800）改。
[2] 渐　底本脱，据《全宋词》（P.1800）补。

庭月暗，吐焰如虹。　　红裳呈艳，丽娥一见，无奈狂踪。试烦他纤手、卷上纱笼。开正好、银花照夜，堆不尽、金粟凝空。丁宁语，频将好事，来报主人翁。

疏影·梅影　张炎

黄昏片月，似满地碎阴，还更清绝。枝南枝北，疑有疑无，几度背灯难折。依稀倩女离魂处，缓步出前村时节。看夜深竹外横斜，应妒过云明灭。　　窥镜蛾眉淡扫，为容不在貌，独抱孤洁。莫是花光，描取春痕，不怕丽谯吹彻。还惊海上燃犀去，照水底珊瑚疑活。偏弄得酒醒天寒，空对一夜香雪。

上词不脱不粘，是深得咏物秘诀者，若刻画过甚，便落下[1]乘矣。

---

[1] 下　底本脱，据文意酌补。

词韵与诗韵之区分

　　词韵与诗韵有别，然其源即出于诗韵。盖词韵乃取诗韵分合而成，平声独押，上去二声可以通押，入声亦单独押。故填词之韵，实较宽于作诗。有清以来词韵，作者各逞己见，部首分合，每多出入，惟戈氏顺卿所著《词林正韵》，参酌各本，考据最确，今举其大略于后：

词林正韵

　　第一部　（平）一东二冬三钟通用（仄）（上）一董二肿（去）一送二宋三用通用

　　第二部　（平）四江十阳十一唐通用（仄）（上）三讲三十六养三十七荡（去）四绛四十一漾四十二宕通用

　　第三部　（平）五支六脂七之八微十二齐十五灰通用（仄）（上）四纸五旨六止七尾十一荠十四贿（去）五寘六至七志八未十二霁十三祭十四太十八队二十废通用

　　第四部　（平）九鱼十虞十一模通用（仄）（上）八语九麌

十咤（去）九御十过十一暮通用

　　第五部　（平）十三佳十四皆十六哈通用（仄）（上）十二蟹十三骇十五海（去）十四太十五卦十六怪十七夬十九代通用

　　第六部　（平）十七真十八谆十九臻二十文二十一欣二十三魂二十四痕通用（仄）（上）十六轸十七准十八吻十九隐二十一混二十二很（去）二十一震二十二稕二十三问二十四焮二十六圂二十七恨通用

　　第七部　（平）二十二元二十五寒二十六桓二十七删二十八山一先二仙通用（仄）（上）二十阮二十三旱二十四缓二十五潸二十六产二十七铣二十八狝（去）二十五愿二十八翰二十九换三十谏三十一裥三十二霰三十三线通用

　　第八部　（平）三萧四宵五爻六豪通用（仄）（上）二十九篠三十小三十一巧三十二皓（去）三十四啸三十五笑三十六效三十七号通用

　　第九部　（平）七歌八戈通用（仄）（上）三十三哿三十四果（去）二十八个三十九过通用

　　第十部　（平）十三佳九麻通用（仄）（上）三十五马（去）十五卦四十祃通用

　　第十一部　（平）十二庚十三耕十四清十五青十六蒸十七登通用（仄）（上）三十八梗三十九耿四十静四十一迥四十二拯四十三等（去）四十三映四十四诤四十五劲四十六径四十七证四十八嶝通用

第十二部 （平）十八尤十九侯二十幽通用（仄）（上）四十四有四十五厚四十六黝（去）四十九宥五十候五十一幼通用

第十三部 （平）二十一侵独用（仄）（上）四十七寝（去）五十二沁通用

第十四部 （平）二十二覃二十三谈二十四盐二十五沾二十六咸二十七衔二十八严二十九凡通用（仄）（上）四十八感四十九敢五十琰五十一忝五十二俨五十三豏五十四槛五十五范（去）五十三勘五十四阚五十五艳五十六㮇五十七验五十八陷五十九鑑六十梵通用

第十五部 （仄）（入）一屋二沃三烛通用

第十六部 （仄）（入）四觉十八药十九铎通用

第十七部 （仄）（入）五质六术七栉二十陌二十一麦二十二昔二十三锡二十四职二十五德二十六缉通用

第十八部 （仄）（入）八勿九迄十月十一没十二曷十三末十四黠十五鎋十六屑十七薛二十九叶三十帖通用

第十九部 （仄）（入）二十七合二十八盍三十一业三十二洽三十三狎三十四乏通用

押韵须知

词中用韵,大抵平声归平声押,仄声(即上去二声通押)归仄声押,入声亦归单独押,不能相混。若一词中先押平声,后换仄声或入声,而不全押一韵,是谓换韵,吾书当于下节言之。

押平韵之词极多,例如《柳梢青》云:

岸草平沙韵。吴王故苑,柳袅烟斜叶。雨后轻寒,风前香软,春在梨花叶。 行人一棹天涯叶。酒醒处残阳乱鸦叶。门外秋千,墙头红粉,深院谁家叶。(秦观)

上调前后两段,各五句,凡六用韵,皆押平声。

押仄韵之词亦不少,例如《秋蕊香》云:

池苑清阴欲就韵。还傍送春时候叶。眼中人去欢难偶叶。谁共一杯芳酒叶。 朱栏碧砌皆如旧叶。记携手叶。有情不管别离久叶。情在相逢终有叶。(晏几道)

上调前后两段,各四句,凡八用韵,皆押仄声。

押入声之词，例如《玉楼春》云：

月照玉楼春漏促韵。飒飒风摇庭砌竹叶。梦惊鸳被觉来时，何处管弦声断续叶。　惆怅少年游冶去，枕上两蛾攒细绿叶。晓莺帘外语花枝，背帐犹残红蜡烛叶。（顾夐）

上调前后两段，各四句，凡五用韵，皆押入声。
此外有押叠韵者，例如《长相思》云：

汴水流韵。泗水流叶。流到瓜州古渡头叶。吴山点点愁叶。思悠悠叶。恨悠悠叶。恨到归时方始休叶。月明人倚楼叶。（白居易）

前后两段起句即是。又有三叠押韵者，例如《钗头凤》云：

红酥手韵。黄藤酒叶。满城春色宫墙柳叶。东风恶换韵。欢情薄叶。一怀愁绪，几年离索叶。错。错。错叶。　春如旧换韵。人空瘦叶。泪痕红浥鲛绡透叶。桃花落换韵。闲池阁叶。山盟虽在，锦书难托叶。莫。莫。莫叶。（陆游）

此调前后段结句，皆承上韵叠三字押之，以隽永为佳，初学每不易工。

词之换韵

词之换韵,有两韵、三韵、四韵之不同。换两韵者又分平换仄、仄换平、平换平、平仄互叶四种,例如《南乡子》云:

岸远沙平_{平韵}。日斜归路晚霞明_叶。孔雀自怜金翠尾_{换仄}。临水_叶。认得行人惊不起_叶。(欧阳炯)

起句平韵,第三句换仄,所谓两韵平换仄是也。又如《玉堂春》云:

斗城池馆_{仄韵}。二月风和烟暖_叶。绣户珠帘,日影初长_{换平}。玉辔金鞍,缭绕沙堤路,几处行人映绿杨_叶。 小槛朱阑回倚,千花浓露香_叶。脆管清弦,欲奏新翻曲,依约林间坐夕阳_叶。(晏殊)

起句仄韵,第四句换平,所谓两韵仄换平是也。又如《临江仙》云:

第十九章 词之换韵

　　冷红飘起桃花片，青春意绪阑珊^{平韵}。高楼帘幕卷轻寒^叶。酒馀人散，独自倚阑干^叶。　　夕阳千里连芳草，风光愁杀王孙^{换平}。徘徊飞尽碧天云^叶。凤城何处，明月照黄昏^叶。（冯延巳）

前段平韵，后段另换平韵，所谓两韵平换平是也。又如《风光好》云：

　　好因缘^{平韵}。恶因缘^叶。只得邮程一夜眠^叶。会神仙^叶。琵琶拨尽相思调^{换仄}。知音少^{换仄}。安得鸾胶续断弦^{叶平}。是何年^{叶平}？

前段平韵，后段起句换仄，第二句叶仄，第三、第四句又叶平，所谓两换平仄互叶是也。换三韵者，有前后用仄而中间用平，例如《调笑令》云：

　　春色春色^{仄韵}。依旧青山紫陌^叶。日斜柳暗花蔫^{换平}。醉卧春风少年^叶。年少年少^{换仄韵}。行乐须及早^叶。（冯延巳）

又有前两韵用仄而末韵用平，例如《河传》云：

　　曲槛^{仄韵}。春晚^叶。碧流纹细，绿杨丝软^叶。露花鲜，杏枝繁,莺啭野芜平似剪叶。　直是人间到天上换仄。堪游赏叶。醉眼疑屏障叶。步池塘换平,惜韶光叶。断肠叶。为花须尽狂叶。(顾敻)

又如《定风波》云:

破萼初惊一点红平韵。又看青子映帘栊叶。冰雪肌肤谁复见换仄。清浅叶仄。尚馀疏影照晴空叶平。　惆怅年年桃李伴叶仄。肠断叶仄。只应芳信负东风叶平。待得微黄春亦暮换仄。烟雨叶仄[1]。半和飞絮作濛濛叶平。(叶梦得)

全首三换韵,而平仄互叶。换四韵者,大都两平两仄相间而用,例如《菩萨蛮》云:

小山重叠金明灭仄韵。鬓云欲度香腮雪叶。懒起画蛾眉换平。弄妆梳洗迟叶。　照花前后镜换仄。花面交相映叶。新帖绣罗襦换平。双双金鹧鸪叶平。(温庭筠)

其他如《惜分钗》《一痕沙》《减字木兰花》《虞美人》等,皆如是叶法,兹不赘录。

---

[1] 叶仄　底本作"叶二叶",据文意酌改。

调名之由来

词调命名，咸有原起。或取诗意，例如《蝶恋花》取梁元帝诗"翻阶峡蝶恋花情"，《满庭芳》取吴融诗"满庭芳草易黄昏"，《点绛唇》取江淹诗"白雪凝琼貌，明珠点绛唇"，《鹧鸪天》取郑嵎诗"春游鸡鹿塞，家在鹧鸪天"，《踏莎行》取韩翃诗"踏莎行草过青溪"，《西江月》取卫万诗"只今惟有西江月"，《玉楼春》取白乐天诗"玉楼宴罢醉和春"，《丁香结》取古诗"丁香结新恨"，《霜叶飞》取杜诗"清霜洞庭叶，故欲别时飞"，《清都宴》取沈隐侯诗"朝上阊阖宫，夜宴清都阙"；或缘题生咏，例如《念奴娇》咏唐明皇宫人念奴，《临江仙》咏水仙，《菩萨蛮》咏西域妇髻，《苏幕遮》咏西域妇帽，《巫山一段云》咏巫峡，《黄莺儿》咏莺，《迎新春》咏春，《月下笛》咏笛，《暗香》《疏影》咏梅，《粉蝶儿》咏蝶，诸如此类，不胜缕举，初学可不必尽知也。

词体之辨别

词体丛杂，约有二千三百馀式，初学作词，颇难辨别，例如《长相思调》，通常皆一韵到底，而刘光祖一首，前后两韵，试举于后：

玉樽凉韵。玉人凉叶。若听离歌须断肠叶。休教成鬓霜叶。

画桥西，画桥东换平。有泪分明清涨同叶。如何留醉翁叶。

是换韵而成变体矣。又如杨无咎所作一首，多至一百字，句法亦与原调迥异，试举如下：

急雨回风，淡云障日，乘间携客登楼叶。金桃带叶。玉李含朱，一樽同醉青州叶。福善桥头叶。记檀槽凄绝，春笋纤柔叶。窗外月西流叶。似浔阳、商妇邻舟。况得意情怀，倦妆模样，寻思可奈离愁叶。何妨乘逸兴，任征帆、直抵芦洲叶。月怯花羞叶。重相见、欢情更稠叶。问何时、佳期卜夜绸缪叶。

前段十一句，后段八句，较之旧调，约增一倍，故名同而实不同。又如一调而有平仄两体，例如《如梦令》云：

门外绿阴千顷叶。两两黄鹂相应叶。睡起不胜情，行到碧梧金井叶。人静。人静。风弄一枝花影叶。（曹元宠）

共三十三字，全押仄韵，而吴文英有平韵一体，亦三十三字，句法平仄与仄体完全相反，录如下：

秋千争斗粉墙韵。闲看燕紫莺黄叶。啼到绿阴处，唤回浪子闲忙叶。春光。春光叶，正是拾翠寻芳叶。

又如一调因字句参差而列为两体，例如《江城子》云：

鹧鸪飞起郡城东韵。碧江空叶。半滩风叶。越王宫殿，萍叶藕花中叶。帘掩水楼鱼浪起，千片雪，雨濛濛叶。（牛峤）

上词八句三十五字。另有张泌一首云：

浣花溪上见卿卿韵。脸波秋水明叶。黛眉轻叶。绿云高绾，金簇小蜻蜓叶。好是问他来得么，和笑道："莫多情叶。"

于第二句"碧江空"添作五字，遂自成一体。又如一调异名，词谱多分载数体，例如《玉珑璁》即《钗头凤》，兹录于下：

城南路韵。桥南树叶。玉钩帘卷香横雾叶。新相识换韵。旧相识叶。浅颦低笑，娅红轻碧叶。惜。惜。惜叶。　刘郎去换韵。阮郎住叶。为云为雨朝还暮叶。心相忆换韵。空相忆叶。露荷心性，柳花踪迹叶。得。得。得叶。

其馀类此者甚多，吾书限于篇幅，请从略。

词之格式

词有小令、中调、长调之目，昔人以六十字以下者为小令，六十字至九十字者为中调，九十字以上者为长调，今从之，选寻常惯填之词若干首，注明平仄、押韵，分录于后，以供初学实习。

甲　小令

小令短者只十六字，长者亦不过六十字，初学宜先熟习，再填中调。

《十六字令》，十六字，四句三韵，又名《苍梧谣》。式如下：

　　天韵。休可仄使圆蟾照客眠叶。人何在？桂可平影自婵娟叶。（蔡伸）

《南歌子》，亦作《南柯子》，二十三字，五句三韵。式如下：

转盼如波眼，娉婷似柳腰韵。花可仄里暗相招叶。忆可平君肠欲断，恨春宵叶。（温庭筠）

《渔歌子》，一名《渔父》，二十七字，五句四韵。式如下：

西塞山前白鹭飞韵。桃花流水鳜鱼肥叶。青箬笠，绿蓑衣叶。斜风细雨不须归叶。（张志和）

《忆江南》，二十七字，五句三韵，又名《梦江南》《谢秋娘》《梦江口》《望江南》《望江梅》《春去也》，共有四体，字数不同，选一体如下：

兰烬落可平，屏可仄上暗红蕉韵。闲可平梦江可仄南梅熟日，夜可平船吹可仄笛雨潇潇叶。人可仄语驿边桥叶。（皇甫松）

《捣练子》，二十七字，五句三韵，又名《深院月》。式如下：

深院静，小庭空韵。断可平续寒砧断可平续风叶。无可仄奈夜长人不寐，数可平声和月到帘栊叶。（南唐后主）

《调笑令》，三十二字，六句八韵，又名《宫中调笑》《转应曲》《三台令》。式如下：

明月韵。明月叠句。照得可平离人可仄愁可仄绝叶。更可仄深影可平入空可仄床换平。不可平道帏可仄屏夜长叶平。长夜换仄。长夜叠句。梦可平到庭可仄花阴可仄下叶。（冯延己）

《如梦令》，三十三字，六句五韵，又名《忆仙姿》《宴桃源》《比梅》。式如下：

遥可仄夜月可平明如水韵。风可仄紧驿亭深闭叶。梦可平破鼠窥灯，霜可仄送晓寒侵被叶。无寐叶。无寐叠句。门可仄外马嘶人起叶。（秦观）

《诉衷情》，三十三字，十一句九韵，又换二韵，一名《一丝风》。式如下：

莺语韵。花舞叶。春昼午叶。雨霏微换平。金带枕三换仄。宫锦叶三仄。凤凰帷叶二平。柳可平弱燕交飞叶二平。依依叶二平。辽可仄阳音信稀叶二平。梦中归叶二平。（温庭筠）

《长相思》，三十六字，前后段各四句，共八韵，又名《双红豆》《山渐青》《忆多娇》。式如下：

汴可平水可平流韵。泗可平水可平流叶。流可仄到瓜州古可平渡头叶。吴可仄山点可平点愁叶。　　思可平悠可仄悠叶。恨可平悠可仄悠叶。恨到归时方可仄始休叶。月可平明人可仄倚楼叶。（白居易）

《醉太平》，三十八字，前后段各四句，共八韵。式如下：

长可仄亭短亭韵。春风酒醒叶。无可仄端惹可平起离情叶。有黄鹂数声叶。　　芙可仄蓉绣裯叶。江山画屏叶。梦可仄中昨夜分明叶。悔先行一程叶。（戴复古）

《昭君怨》，四十字，前段四句，二仄二平韵，后段四句，换二仄二平韵，又名《一痕沙》《宴西园》。式如下：

春可仄到南可仄楼雪可平尽韵。惊可仄动灯可仄期花可仄信叶。小可平雨一番寒换平。倚阑干叶平。　　莫可平把阑可仄干频可仄倚三换仄。一可平望几可平重烟可仄水叶三仄。何可仄处是京华四换平？暮云遮叶四平。（万俟雅言）

《生查子》，四十字，两段四韵。式如下：

烟可仄雨晚晴天，零可仄落花无语韵。难可仄话此时情，梁可仄燕双来去叶。　　琴可仄韵对熏风，有可平恨和情抚叶。肠可仄断断弦频，泪可平滴黄金缕叶。（魏承班）

《点绛唇》，四十一字，前段四句，后段四句，共七韵。式如下：

雪可平霁山横，翠涛拥可仄起千重恨韵。砌成愁闷叶。那可平更梅花褪叶。　凤可仄管云笙，无可仄不萦方寸叶。丁宁问叶。泪痕羞揾叶。界可平破香腮粉叶。（赵长卿）

《浣溪沙》，四十二字，两段五韵。式如下：

枕可平障熏炉冷绣帏韵。二可平年终可仄日苦相思叶。杏可平花明可仄月尔应知叶。　天可仄上人可仄间何处去？旧可平欢新可仄梦觉来时叶。黄可仄昏微可仄雨画帘垂叶。（张曙）

《丑奴儿》，四十四字，前后段各四句，共六韵，又名《罗敷媚》《罗敷艳歌》《采桑子》。式如下：

蝤可仄蛴领可平上诃梨子，绣可平带双垂韵。椒可仄户闲时叶。竞可平学摴蒲赌可叶荔枝叶。　丛可仄头鞋可仄子红编细，裙可仄窣金丝叶。无可仄事颦眉叶。春可仄思翻教阿可平母疑叶。（和凝）

《谒金门》，四十五字，前后段各四句，共七韵，又名《花自落》。式如下：

空相可仄忆韵。无可仄计得可平传消息叶。天可仄上嫦可仄娥人不识叶。寄可平书何处觅叶。　新可仄睡觉可平来无可仄力叶。不可平忍看可平伊书可仄迹叶。满可平院落可平花春寂寂，断可平肠芳草碧叶。（韦庄）

《桃源忆故人》，四十八字，前后段各四句，共八韵，又名《虞美人影》。式如下：

逢可仄人借可平问春归处韵。遥可仄指芜可仄城烟树叶。消可平尽柳可仄梢残雨，叶月可平闻西南户叶。　游可仄丝不可平解留伊住叶。漫可平惹闲可仄愁无数叶。燕可平子为可平谁来去叶？似可平说江南路叶。（王之道）

《西江月》，又名《步虚词》，五十字，前后段各四句，共六韵。式如下：

裙可仄折绿可平罗芳可仄草，冠可仄梁白可平玉芙蓉韵。次可平公筵可仄上见山公叶。红可仄绶欲可平衔双可仄凤换仄叶。　已可平向冰可仄奁约可平月，更可平来玉可平界乘风叶平。凌可仄波袜可平冷一樽同叶平。莫可平负彩可平舟凉可仄梦叶仄。（史达祖）

《醉花阴》，五十二字，前段四句三韵，后段同。式如下：

薄[可平]雾浓[可仄]雾愁永昼[韵]。瑞[可平]脑喷金兽[叶]。佳[可仄]节又重阳，宝[可平]枕纱厨，半[可平]夜凉初透[叶]。　　东[可仄]篱把[可平]酒黄昏后[叶]。有[可平]暗香盈袖[叶][1]。莫[可平]道不消魂，帘[可仄]卷西风，人[可仄]比黄花瘦[叶]。（李清照）

《鹧鸪天》，一名《思佳客》，五十五字，两段六韵。式如下：

枕[可平]上流莺和[可仄]泪闻[韵]。新[可仄]啼痕[可仄][2]间旧啼痕[叶]。一[可平]春鱼[可仄]鸟无消息，千[可仄]里关山劳[可仄]梦魂[叶]。　　无一语，对芳樽[叶]。安[可仄]排肠[可仄]断到黄昏[叶]。甫[可平]能炙[可平]得灯儿了，雨打梨花深闭门[叶]。（秦观）

《虞美人》，五十六字，前后段各五句，各二仄二平韵。式如下：

丝[可仄]丝杨[可仄]柳丝丝雨[韵]。春[可仄]在溟濛处[叶]。楼[可仄]儿忒[可平]小不藏愁[换平]。几[可平]度和[可仄]云飞[可仄]去觅归舟[叶平]。　　天[可仄]怜客[可平]子乡关远[三换仄]。借[可平]与花消遣[叶仄]。海[可平

---

[1] 叶　底本脱，据《钦定词谱》补。
[2] 可仄　底本误作"可平"，据文意酌改。

棠红_{可仄}近绿阑干四换平。才_{可仄}卷珠_{可仄}帘却_{可平}又晚风寒叶平。（蒋捷）

《踏莎行》，又名《柳长春》，五十八字，前段五句三韵，后段同。式如下：

润_{可平}玉笼绡，檀_{可仄}樱倚_{可平}扇韵。绣_{可平}圈犹_{可仄}带脂香浅叶。榴_{可仄}心空_{可仄}叠舞裙红，艾_{可平}枝应_{可仄}压愁鬟乱叶。

午_{可平}梦千山，窗_{可仄}阴一_{可平}箭叶。香_{可仄}瘢新_{可仄}褪红丝腕叶。隔_{可平}江人_{可仄}在雨声中，晚_{可平}风菰_{可仄}叶生秋苑叶。（吴文英）

乙　中调

中调极多，吾书所选，约十馀首，未免陋略，第为初学立式，只能如此而已。

《一剪梅》，六十字，前段六句三韵，后段同。式如下：

红_{可仄}藕香残玉_{可平}[1]簟秋韵。轻_{可仄}解罗裳，独_{可平}上兰舟叶。云_{可仄}中谁寄锦书来，雁_{可平}字回时，月_{可平}满西楼叶。

---

[1] 可平　底本误作"可仄"，据文意酌改。

花可仄自飘零水可平自流叶。一可平种相思，两可平处闲愁叶。此可平情无计可消除，才可仄下眉头，却可平上心头叶。（李清照）

《蝶恋花》，六十字，前段五句四韵，后段同，又名《一箩金》《黄金缕》《鹊踏枝》《凤栖梧》《明月生南浦》《卷珠帘》《鱼水同欢》。式如下：

六可平曲阑可仄干偎碧树韵。杨可仄柳风轻，展可平尽黄金缕叶。谁可平把钿可仄筝移玉柱叶[1]。穿可仄帘燕可平子双飞去叶。

满可平眼游可仄丝兼落絮叶。红可仄杏开时，一可平霎清明雨叶。浓可仄睡觉可平来莺乱语叶。惊可仄残好可平梦无寻处叶。（张泌）

《渔家傲》，六十二字，前后段各五句，五韵。式如下：

灰可仄暖香可仄融销永昼韵。葡可仄萄架可平上春藤秀叶。曲可平角阑可仄干群雀斗叶。清明可仄后叶。风可仄梳万可平缕亭前柳叶。　　日可平照钗可仄梁光欲溜叶。循可仄阶竹可平粉沾衣袖叶。拂可平拂面可平红新著酒叶。沈吟可仄久叶。昨可平宵正可平是来时候叶。（周邦彦）

---

[1] 叶　底本脱，据《钦定词谱》补。

《定风波》六十二字，前段五句，后段六句，共十一韵。式如下：

　　暖可平日闲窗映碧纱韵。小可平池春可仄水浸晴霞叶。数可平树海可平棠红欲尽换仄。争忍叶仄。玉可平闺深可仄掩过年华叶平。
　　独可平凭绣可平床方寸乱三换仄。肠断叶仄。泪可平珠穿可仄破脸边花叶平。邻可仄舍女可平郎相借问四换仄。音信叶仄。教可仄人羞可仄道未还家叶平。（欧阳炯）

《苏幕遮》，六十二字，前段七句四韵，后段同，又名《鬓云松令》。式如下：

　　鬓云松，眉叶聚韵。一可平阕离歌，不可平为行人驻叶。檀可仄板停时君看取叶。数可平尺鲛绡，半是梨花雨叶。
　　鹭飞遥，天尺五叶[1]。凤可平阁鸾坡，看可平即飞腾去叶。今可仄夜长亭临别处叶。断可平梗飞云，尽是伤情绪叶。（周邦彦[2]）

《殢人娇》，六十四字，前后段同，各六句，共八韵。式

---

[1] 叶，底本脱，据《钦定词谱》补。
[2] 半是梨花雨 《全宋词》（P.4556）作"果是梨花雨"。该书注云："此首原见吴讷《唐宋名贤百家词》，本《片玉集》抄补，亦见汲古阁本《片玉词》。"据近人王国维《清真先生遗事考》，非周邦彦作。

如下：

　　云可仄做屏风，花可仄为行可仄幛韵。屏可仄幛可平里可平、见春模样叶。小可平晴未可平了，轻阴一可平饷叶。酒可平到处、恰作平如把春拈可仄上叶。　　官可仄柳黄轻，河可仄堤绿可平涨叶。花可仄多可仄处可平、少停兰桨叶。雪可平边花可仄际，平芜叠可平嶂叶。这可平一段、凄可仄凉为谁怅可平望叶。（毛滂）

《离亭燕》，七十二字，前段六句四韵，后段同。式如下：

　　一可平带江可仄山如画韵。风物向秋潇洒叶。水可平浸碧可平天何处断，霁色冷可仄光相射叶。蓼屿荻花洲，掩可平映竹可平篱茅舍叶。　　云可仄际客可平帆高挂叶。烟可仄外酒旗低亚叶。多可仄少六可平朝兴废事，尽入渔可仄樵闲话叶。怅望倚层楼，寒可仄日无可仄言西下叶。（孙浩然）

《风入松》，七十四字，前后段各六句四韵。式如下：

　　禁烟过后落花天韵。无奈轻寒叶。东风不管春归去，共可平残红可仄、飞可仄上秋千叶。看尽天涯芳草，春愁堆在阑干叶。
　　楚江横断夕阳边叶。无限青烟叶。旧时云去今何处，山

可仄无数可平、柳可平涨平川叶。与问[1]风前回雁,甚时吹过江南叶。(周紫芝)

《祝英台近》,七十七字,前后段各八句,共八韵,一名《月底修箫谱》。式如下:

宝钗分,桃叶渡韵[2]。烟可仄柳暗南浦叶。怕可平上层楼,十可平日九风雨叶。断可平肠可仄点可平点飞红,都可仄无人可仄管,倩谁唤流可仄莺声住叶。　　鬓边觑叶。试可平把可平花可仄卜归期,才可仄簪又重数叶。罗可仄帐灯昏,哽可平咽可平梦中语叶。是可仄他可仄春可仄带愁来,春可仄归何可仄处? 却不解带可平将愁去叶。(辛弃疾)

《金人捧露盘》,又名《西平曲》《上西平》,七十九字,前段七句,后段九句,共八韵。式如下:

爱春归,怅春可仄去,为春忙韵。旋点可平检可平、雨可平障云妨叶。遮可仄红护可平绿,翠可平帏罗可仄幕任高张叶。海可平棠明可仄月,杏花天可仄,更可平惜浓芳叶。　　唤莺吟,招蝶

---

[1] 问　"问"后衍一"叶"字,据文意酌删。
[2] 韵　底本脱,据《钦定词谱》补。

作平拍，迎柳舞，倩桃妆叶[1]。尽呼可仄起可平、万可平籁笙簧叶。一可平觞一可平咏，尽可平教陶可平写绣心肠叶。笑可平他人可仄世，谩嬉游可仄、拥可平翠偎香叶。（程垓）

《新荷叶》，八十二字，前后段各八句，共九韵。式如下：

欲可平暑还凉，如可仄春有可平意重归韵。春可仄若归来，任他莺可仄老花飞叶。轻可平雷澹可平雨，似可平晚可平风可仄、欺可仄得单衣叶。檐可仄声惊可仄醉，起可平来新可仄绿成围叶。

回可仄首分携，光可仄风冉可平冉菲菲叶。曾几何时，故山疑可仄梦还非叶。鸣可仄琴再可平抚，将可仄清可仄恨可平、都可仄入金徽叶。永可平怀桥可仄下，系可平船溪可仄柳依依叶。（赵彦端）

《蓦山溪》，一名《上阳春》，前后段各九句三韵，亦有每段第七、八句共叶韵者。式如下：

一可平番小可平雨，陡可平觉添秋色韵。桐可仄叶下银床，又可平送可平[2]个可平、凄凉消可仄息叶。故可平乡何可仄处，搔可仄首对西风。衣可仄线可平断可平，带可平围可仄宽可仄，衰可仄鬓添新白叶。　　钱可仄塘江可仄上，冠可仄盖如云积叶。骑可仄马

---

[1] 叶　底本脱，据《钦定词谱》补。
[2] 可平　底本误作"可送"，据文意酌改。

傍朱门，谁可仄肯可平念可平、尘埃墨可平客叶。佳可仄人信可平杳，日可平暮碧云深，楼可仄独可平倚可平，镜可平频可仄看可仄，此可平意无人识叶。(张元幹)

《洞仙歌》，或加"令"字，又名《羽仙歌》，八十三字，前段六句，后段七句，共六韵。式如下：

冰可仄肌玉可平骨，自清凉无汗韵。水可平殿风来暗香满叶。绣帘开、一点明可仄月窥人。人未寝，欹可仄枕钗横鬓可平乱叶。起可平来携素手，庭可仄户无声，时可仄见疏星渡河汉叶。试问夜如何？夜可平已三更，金波可仄淡、玉可平绳低可仄转叶。但屈指西风几时来，又不道、流年暗中偷换叶。(苏轼)

《江城梅花引》，八十七字，前段八句，后段十句，共十一韵。式如下：

娟可仄娟霜可仄月冷侵门韵。怕黄昏叶。又黄昏叶。手捻一枝独作平自对芳樽叶。酒可平又不可平禁花又恼，漏声远，一更更，总断魂叶。　　断魂断魂二叠字不可平堪闻叶。被可平半温叶。香可仄半薰叶。睡也睡也。睡不稳谁与温存叶。惟可仄有床前银烛照啼痕叶。一可平夜可仄为花憔悴损，人瘦也，比梅花瘦几分叶。(康与之)

丙　长调

长调最长者为《莺啼序》，计二百四十字，非初学所宜，兹选其最通用者十首。

《意难忘》，九十二字，前段十句，后段十句，共十二韵。式如下：

衣染莺黄韵。爱停可仄歌驻可平拍，劝可平酒持觞叶。低鬟蝉影动，私可仄语口脂香叶。莲露滴，竹风凉叶。拚[1]可仄剧饮淋浪叶。夜渐深、笼可仄灯就可平月，子可平细端相叶。　　知音见说无双叶。解移可仄宫换可平羽，未可平怕周郎叶。长颦知有恨，贪可仄要不成妆叶。些个事，恼人肠。叶待可平说与何妨叶？又恐伊寻可仄消问可平息，瘦可平减容光叶。（周邦彦）

《满江红》，九十三字，前段八句四韵，后段十句五韵。式如下：

门可仄掩垂杨，宝可平香可仄度、翠可平帘重可仄叠韵。春可仄寒可仄在、罗可仄衣初试，素肌犹怯叶。薄可平雾笼可仄花天欲暮，小可平风送可平角声初咽叶。但独可平褰、幽幌悄无言，伤

---

[1] 拚　底本误作"拌"，据《全宋词》（P.793）改。

初别叶。　　衣上可平雨，眉间月叶。滴可平不可平尽，鏨空切叶。羡可平栖可仄梁归燕，入帘双蝶叶。愁可仄绪多可仄于花絮乱，柔可仄肠过可平似丁香结叶。问甚可平时、重理锦囊书，从头说叶[1]。（程垓）

《满庭芳》，九十五字，前后段各九句，共九韵，一名《锁阳台》《满庭霜》。式如下：

南可仄月惊乌，西风破可平雁，又是可平秋可仄满平湖韵。采可平莲人尽，寒色战菰蒲叶。旧可平信江南好景，一作平万可平里、轻可仄觅莼鲈叶。谁知道、吴侬未识，蜀作平客已情孤叶。

凭高增怅望，湘云尽处，都可仄是平芜叶。问故可平乡何可仄日，重可仄见吾庐叶。纵可平有荷纫芰制，终不可平似、菊可平短篱疏叶。归情远，三更雨梦，依旧绕庭梧叶。（程垓）

《水调歌头》，九十五字，前段九句，后段十句，共八韵，梦窗名《江南好》，白石名《花犯念奴》。式如下：

明可仄月几时有？把可平酒问青天韵。不可平知天可仄上宫可仄阙可平，今可仄夕是何年叶。我可平欲乘可仄风归可仄去，又可

---

[1] 叶　底本脱，据《钦定词谱》补。

平恐琼楼玉作平宇，高可仄处不胜寒叶。起可平舞弄清影，何可以似在人间叶。　转可平朱可仄阁，可平低可仄绮可平户，照无眠叶。不可平应有可平恨，何可仄事可平常可以向别时圆叶。人可以有悲可仄欢离可以合，月可平有阴晴圆可以缺，此可平事古难全叶。但可平愿人可仄长久，千可仄里共婵娟叶。（苏轼）

《凤凰台上忆吹箫》，九十五字，前段十句，后段九句，共九韵。式如下：

　　香可仄冷金猊，被可平翻红可仄浪，起可平来慵可仄自梳头韵。任宝奁尘满，日可平上帘钩叶[1]。生可仄怕离怀别可平苦，多少可平事、欲可平说还休叶。新来瘦，非干病酒，不是悲秋叶。　休休叶。此二字可不叶。这回去也，千万可仄遍《阳关》，也可平则难留叶。念武陵人远，烟可仄锁秦楼叶。惟可仄有楼前流可仄水，应念可平我、终可仄日凝眸叶。凝眸处，从今又添、一段新愁叶。（李清照）

《烛影摇红》，九十六字，前段九句，后段同，共十韵。式如下：

---

[1] 叶　底本脱，据《钦定词谱》补。

秋可仄入灯花，夜深檐可仄影琵琶语韵。越可平娥青镜洗红埃，山可仄斗秦眉妩叶。相间金可仄茸翠亩叶[1]。认城阴、春耕旧处叶。晚春相应，新可仄稻炊香，疏烟林莽叶。　　清磬风前，海沈宿可平袅芙蓉炷叶。阿可平香秋梦起娇啼，玉可仄女传幽素叶。人可仄驾海可平查未渡叶。试梧桐、聊分宴俎叶。采菱别作平调，留取蓬莱，霎时云住叶。（吴文英）

《念奴娇》，一百字，又名《百字令》《百字谣》《酹江月》《大江东去》《大江西上曲》《壶中天》《无俗念》《淮甸春》《湘月》等，前段九句，后段十句，共八韵。式如下：

野可平棠花落，又可平匆可仄匆可仄过可平了、清明时节韵。划可平地东风欺客梦，一可平枕银可仄屏寒怯叶。曲可平岸持觞，垂可仄杨系可平马，此可平地曾经别叶。楼可仄空人去，旧游飞燕能说叶。　　闻道绮陌东头，行人长可仄见、帘底纤纤月叶。旧恨春江流不尽，新可仄恨云山千叠叶。料可平得明朝可仄，樽前重可仄见，镜可平里花难折叶。也可平应惊问：近来多少华发叶？（辛弃疾）

《水龙吟》，一百二字，前后段各十一句，共九韵，又名《龙

---

[1] 叶　底本误作"仄"，据文意酌改。

吟曲》《小楼连苑》《海天阔处》《庄椿岁》。式如下：

楚天千可仄里清秋，水可平随天可仄去秋无际韵。遥可仄岑远目，献可平愁供恨，玉可平簪螺髻叶。落可平日楼头，断可平鸿声可仄里，江可仄南游子叶。把吴可仄钩看可平了，阑可仄干拍可平遍、无人会、登临意叶。　休可仄说鲈鱼堪可仄脍叶。尽西风、季可平鹰归未叶。求可仄田问舍，怕可平应羞见、刘可仄郎才气叶。可可平惜流年，忧可仄愁风可仄雨，树可平犹如此叶。倩何人唤取、红可仄巾翠可平袖，可平揾英雄泪叶。（辛弃疾）

《沁园春》，一百十四字，又名《寿星明》，前段十三句，后段十二句，共十韵。式如下：

孤可仄鹤归飞，再过辽天，换尽旧人韵。念累累枯可仄冢，茫可仄茫梦可平境，王可仄侯蝼可仄蚁，毕可平竟成尘叶。载可平酒园林，寻可仄花巷可平陌，当可仄日何曾轻可仄负春叶。流年改，叹围可仄腰带可平剩，点可平鬓霜新叶。　交亲叶散可平落如云叶。又岂可平料、如今馀可仄此身叶。幸眼可平明身可仄健，茶可仄甘饭可平软，非可仄惟我可平老，更可平有人贫叶。躲可平尽危机，消可仄残壮可平志，短可平艇湖中闲可平采莼叶。吾何恨，有渔可仄翁共可平醉，溪可仄友为邻叶。（陆游）

《贺新郎》，一百十六字，前段十句，后段同，共十二韵，"郎"一作"凉"，又名《金缕曲》《乳燕飞》《貂裘换酒》。式如下：

风可仄雨连朝夕韵。最惊心，春可仄光晼晚，又过寒食叶。落可平尽一可平番新桃李，芳草南园似积叶。但可平燕子、归来幽寂叶。况可平是单可仄栖饶惆怅，尽无聊、有可平梦寒犹力叶。春意远，恨虚掷叶。　　东君自是人间客叶。暂时来、匆匆却去，为谁留得叶？走可平马插可平花当年事，池畹空馀旧迹叶。奈可平老去　流光堪惜叶。杳可平隔天可仄涯人千里，念无凭、寄可平语长相忆叶。回首处，暮云碧叶。（毛开）

结论

夫为学无止境,学者备此书后,宜多事诵读,以求精进,就吾所知,如《花间》《尊前》,以及《六朝词选》《草堂诗馀》《绝妙好词笺》等书,其中所选者,六朝唐宋名家之作,均可购置案头,以资观摩。至于近人之词,有纳兰容若之《饮水词》,陈维崧之《乌丝词》,张惠言之《茗柯词》,亦可作词学之参考。苟能遍读,则博取兼收,其所造就,非作者所敢量已。

本次整理征引文献

卢弼：《三国志集解》，中华书局1982年版。
周秉高编：《全先秦两汉诗·两汉卷》，内蒙古大学出版社2011年版。
王琦注：《李太白全集》，中华书局1977年版。
（日）遍照金刚撰：《文镜秘府论》，人民文学出版社1975年版。
郭茂倩编：《乐府诗集》，中华书局1979年版。
彭定求等编：《全唐诗》，中华书局1960年版。
唐圭璋编纂，孔凡礼补辑：《全宋词》，中华书局1990年版。
《钦定词谱》，清康熙五十四年（1715）刻本。
魏庆之：《诗人玉屑》，商务印书馆1938年版。
岳淑珍校注：《杨慎词品校注》，中州古籍出版社2013年版。
何文焕辑：《历代诗话》，中华书局1982年版。
郑张尚芳：《上古音系》，上海教育出版社2013年版。